Where the Dragon's Rain Falls

Where the Dragon's Rain Falls

4

summer

Aus dem Koreanischen von Jessica Walther

Inhaltsverzeichnis

Kapitel 25

Wieso musst du es so übertreiben?
Langhwa...
Wenn du dabei erwischt wirst, dass du ein Grab für einen Verbrecher schaufelst, wirst du selbst dafür bestraft.
Der Herr hat mich heimlich darum gebeten.
Er hat Angst, dass er sonst als grollender Geist zurückkommt, da er sich nicht mal verteidigen durfte, bevor er zu Tode geschlagen wurde.
Wie auch immer... Ich wusste ja, dass er süchtig nach Glücksspielen war...
... aber dass er es gewagt hat, Juwelen von Lord Seos Tochter zu stehlen! Wirklich zu schade um das Amulett.
Wie steht es um Lord Seo?
Er lässt seine schlechte Laune raus und sagt, dass er früher als geplant wieder nach Sohwa zurückkehren will.

Ich mag es nicht, wenn er seine Tochter mitbringt.
Wenn Lady Changcheon dabei ist, passiert doch immer irgendwas.
Und dann steht sie auch noch auf Grillen- oder Bullenkämpfe... Selbst Menschenkämpfe...
Findet das Fräulein so was wirklich amüsant? Ich weiß echt nicht, was daran lustig sein soll.
Langhwa.
Hast du Suu heute schon gesehen?
Woher soll ich denn wissen, was dein ach so toller Sklave treibt?
Er wird wahrscheinlich dem Fräulein dienen.

Seit der Sache mit »Herrn Grille« lässt das Fräulein immer nur nach Suu rufen.
Ich weiß echt nicht, was die Adeligen an ihm finden. Was ist denn bitte so besonders an ihm?
Anders als wir fällt Suu doch durch sein Aussehen auf. Fremdländische Diener sind in der Hauptstadt zurzeit auch total in Mode...
Suu gibt einfach nur sein Bestes.
Unser Herr meinte, dass er es nur Suus Hilfe zu verdanken hat, dass er die Gunst von Lord So aus Sohwa gewinnen konnte.
Suu war doch der Einzige, der vier Tage lang in den Bergen nach Lady Changcheons Grille gesucht hat.
Letztendlich hat er sie auch gefunden.
Du hast viel zu großes Vertrauen in ihn.
Ich kriege immer eine Gänsehaut, wenn ich ihn nur ansehe.
Dann spricht er auch noch von einem Tag auf den anderen plötzlich fließend unsere Sprache.
TAPP

Weißt du eigentlich, wie nervös die älteren Diener und Dienerinnen gerade sind?
Suu hat sich die ganze Zeit über stumm und taub gestellt und dabei alles belauscht, was die anderen freiheraus vor ihm über unseren Herrn gesagt haben.
Du weißt auch nicht, seit wann er bereits unsere Sprache be- herrscht, oder?
Hätte er nicht wenigstens dir was sagen sollen?
Vermutlich wusste nur unser Herr davon, nachdem er Suu jede Nacht zu sich gerufen hat...
Langhwa.

Du wirst in der Küche verlangt.
Du solltest dich lieber direkt auf den Weg machen.
Schleichst du dich immer so leise an?
Ich war alles andere als leise, du bist nur so aufgebracht, dass du mich nicht gehört hast.
Da du extra hergekommen bist, muss Lord So wohl wieder abgereist sein.
Langwha, ich dachte, du könntest mich nicht ausstehen?
Also warum neckst du mich so, als ob du einen Vorwand suchst, um dich weiter mit mir zu unterhalten?
Wer würde sich schon gern mit so einem listigen Fuchs aus dem Ausland unterhalten?!
Ach, und noch was.

Der Herr möchte, dass du ihm die neuen Räucherstäbchen heute Nacht bringst.
Geh zu ihm, wenn alle Lichter in den Gärten erloschen sind.
W...
Wirklich?! Der Herr möchte mich sehen?!
PACK
Ja. Du solltest auf dem Weg dorthin aber aufpassen, nicht von der dritten Herrin entdeckt zu werden, wenn du durch ihren Garten gehst.
Nadan! Ich gehe dann mal, du solltest also auch aufhören, hier Trübsal zu blasen, und ins Haus gehen, bevor die Sonne untergeht!
DREH
Gut. Pass auf dich auf.
Und wenn wir schon beim Thema sind...

... du nimmst doch weiterhin den Verhütungs-trank, oder?
Hat der Herr dir auch aufge-tragen, mich das zu fragen?
Denkst du etwa, unser Herr würde sich über so etwas Gedanken machen?
Das frage ich nur aus Sorge um dich.
Mach dir keine falschen Hoffnungen und bitte die älteren Dienerinnen um einen Verhütungstrank. Und nimm ihn auch regelmäßig.
Wenn du jetzt schwanger wirst, wird die dritte Herrin dich nicht so einfach davonkom-men lassen.
Hmpf, lass uns doch erst mal sehen, ob das wirklich nur falsche Hoffnungen sind.
Da gibt es nichts zu sehen!!
Wenn eine Sklavin ein Kind gebärt, bekom-men wir nur einen Sklaven mehr.
Wenn du auch nur ein wenig Verstand hast, dann bring kein weiteres Wesen dazu, ein Leben wie unseres führen zu müssen.

Wie schade, dass du nie den Kindersegen erfahren wirst, du dreckiger Wicht.
Wieso? Ist doch toll, so muss der Herr sich nicht zurückhalten, wenn er mich zu sich ruft.
Vielleicht lässt er mich ja deshalb die ganze Nacht über nicht aus seinen Armen.
Bist du dumm?!
Zerreiß dir das Maul vor den anderen bloß nicht so, damit ziehst du den Ruf unseres Herrn nur in den Dreck!!
Nimm unbedingt den Trank! Ich sage das nur zu deinem Besten.
Klappe! Ich kümmere mich schon selbst darum!
Und diese Art von dir ist genau der Grund, warum dich alle missverstehen, Suu.
Das ist mir egal. Es macht das Ganze sogar einfacher, wenn sie so über mich denkt.
Nicht einmal ein oder zwei Tage.
Wobei sie in letzter Zeit sogar recht sanftmütig geworden ist.

Aber findest du nicht, dass du es mit dem Grab etwas übertreibst? Ein Einfacheres hätte doch auch gereicht.
Das ist reine Verschwendung für einen Verbrecher.
Sobald die Sonne untergeht, werden es die wilden Tiere eh aufbuddeln, weil sie den Geruch der Leiche wittern.
Suu, wenn Gäste hier sind, bist du der Einzige, den Lady Changcheon bei sich duldet.
Wann soll Son also nah genug an sie rangekommen sein, um ihre Juwelen zu stehlen?
Wer weiß? Vielleicht hat er die einfach aufgesammelt, nachdem sie sie verloren hat.
Es ist auch ein Verbrechen, Fundsachen nicht dem gebürtigen Besitzer zurückzugeben.

Das ist wahr.
RUCK
Gehen wir runter, Suu.
Nach Lord Sos Aufenthalt hier wird es einiges für uns zu tun geben.
Ja...
TRET

Haha...
Wie grimmig er guckt.
Was träumst du denn nur?
PIKS
Echt niedlich.

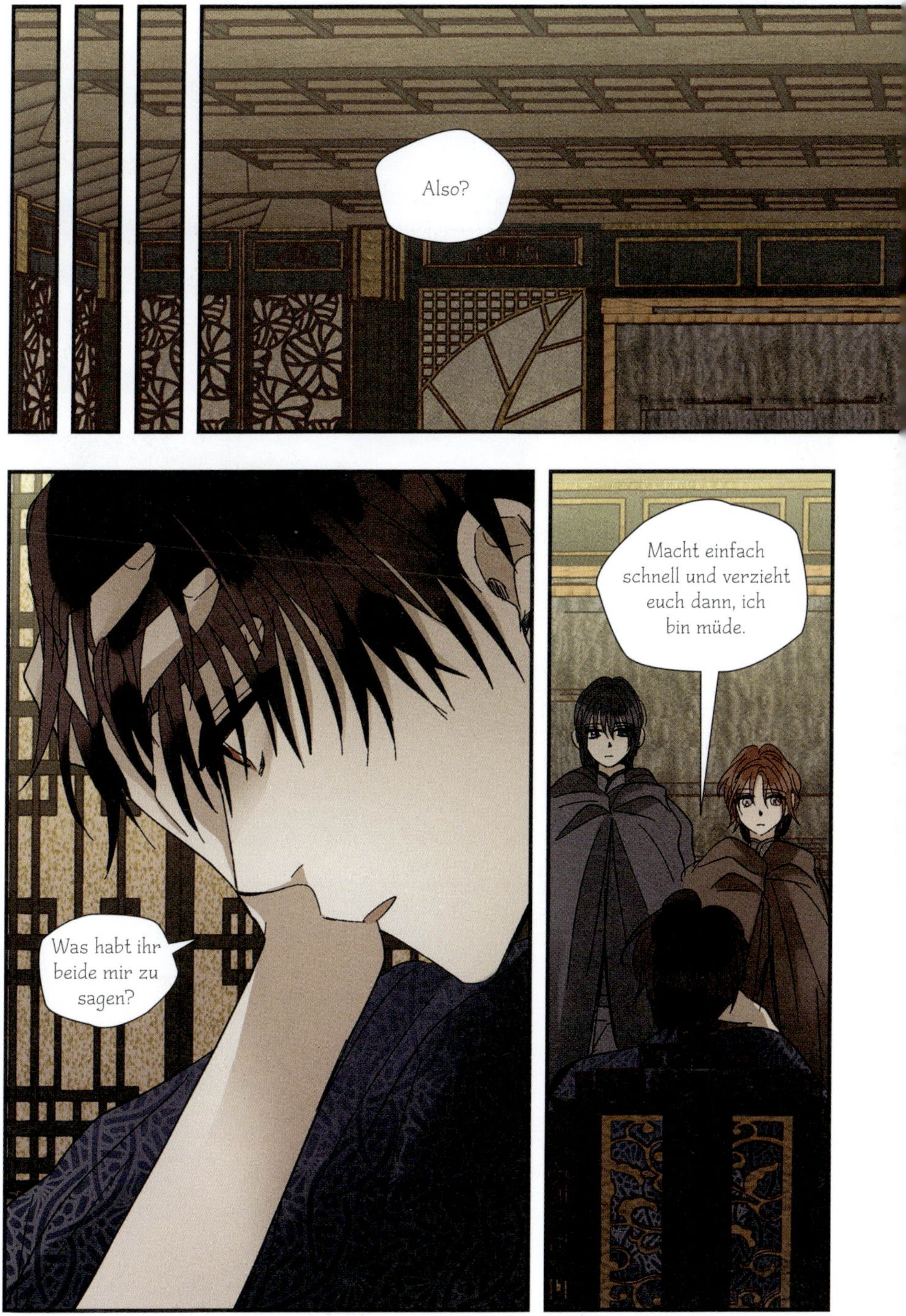
Also?
Was habt ihr beide mir zu sagen?
Macht einfach schnell und verzieht euch dann, ich bin müde.

Ich bin gerade so geschockt über deine mögliche Impotenz, dass mir einfach die Worte fehlen...
Seit wann fehlt dir diese Stehkraft denn schon?! Selbst wenn du den Thron erklimmst, musst du doch einen Erben zeugen, wie soll das denn gehen?!
Wollt ihr beide sterben?
Wieso sollte ich mich denn auf so einem staubigen Bett mit einem freizügigen Diener herumwälzen?
Nun, in den Bergen hast du dich doch noch freudig mit ihm herumgewälzt...
Oh nein, er ist eingeschnappt.
Schnauze.
Warum hast du ihn denn nicht einfach genommen, wenn er schon so willig war? Danach hättest du ihn für das Angebot dann bestrafen können.
Sein Gesicht...

Irgendwas hat mich daran gestört.
Ich hatte das Gefühl, als ob ich die Reste vom Teller eines anderen vernaschen würde.
Ist das nicht etwas dreist? Dir ist es mit ihm doch selbst nicht ernst.
Ergreif die Gelegenheit doch einfach, um ihn zu benutzen und dann wegzuwerfen.
Ich brauche dir das vermutlich nicht extra zu sagen... Aber wenn der Diener unnötig großes Vertrauen vom Drachen erlangt, bringt ihn das in eine gewisse Machtposition.
Wenn das geschieht, kann er in Zukunft zu deiner größten Hürde werden. Du solltest wirklich auf der Hut sein. Es wäre also besser, ihn einfach umzubring...
Ähm, ich bin da ganz ähnlicher Meinung wie Heegeon...
... aber ich denke, dass es viel zu früh dafür ist. Immerhin ist er nur ein einfacher Diener, daher besteht kein Grund zur Eile.
Außerdem erfüllt er seine Aufgabe als Saharas »Mahlzeit« doch vorzüglich.

Unser werter Drache muss ja zu jeder Mahlzeit mit Menschen gefüttert werden und es ist nicht einfach, da jedes Mal jemanden aus dem Schrein zu besorgen.
Aber es ist schon seltsam, welche spezielle Rolle Suu für ihn spielt.
Die anderen Menschen hat er alle bis zum letzten Tropfen ausgesaugt. Und auch sonst hat er gern einfach aus einer Laune heraus Leute umgebracht.
Nur bei Suu speist er gerade so viel, dass er nicht daran stirbt, und begnügt sich dann brav mit anderen Mahlzeiten, bis Suu wieder bei Kräften ist.
Dazu kommt noch, dass er keinerlei Interesse an deinem Blut hat, das doch regenerative Fähigkeiten besitzt.
Er meinte mal...
... dass er »vor langer Zeit verflucht wurde« und das der Grund dafür sei.
Der Drache hat gesagt, dass er verflucht wurde?

Warum erzählst du uns das denn bitte erst jetzt?!
Ich habe nicht vor, euch jede Einzelheit über meine Familie zu erzählen.
Die zwölf mächtigsten Familien sind nicht gerade vertrauenswürdig.
Das kann doch echt nicht wahr sein! Das erklärt aber wenigstens die verfluchte Reaktion!
Welche verfluchte Reaktion?
Heegeon mag das vielleicht nur als dummes Spielzeug abtun, aber das ist ein von der Hon Familie anerkanntes magisches Artefakt.
Ein ungewöhnlich möchtiger Fluch, der sowohl den Prinzen als auch den Drachen betrifft… Fällt euch da was auf?
Wir haben eben einfach zu viel von solchen magischen Dingen zu Hause rumliegen…
Ich habe dem Drachen heute den magischen Kristall in die Hand gegeben. Er hat sich wie bereits bei dir schwarz verfärbt.
Bis jetzt…

... dachte ich immer, dass meine Mutter mir diesen Fluch an den Hals gehetzt hätte.
Hwaryun Cheon.
Es scheint mir bereits ein Fluch zu sein, dass ich dich auf die Welt gebracht habe.
Ich werde dich bis zu meinem letzten Atemzug verfluchen.
Selbst wenn ich unter der Erde liege und zu Staub zerfallen bin, werde ich dich weiterhin verfluchen.
Auch du sollst wie ich von deinen geliebten Menschen hintergangen werden und sterben!
Sie hat ihrem untreuen Sohn wohl nichts vererben können.

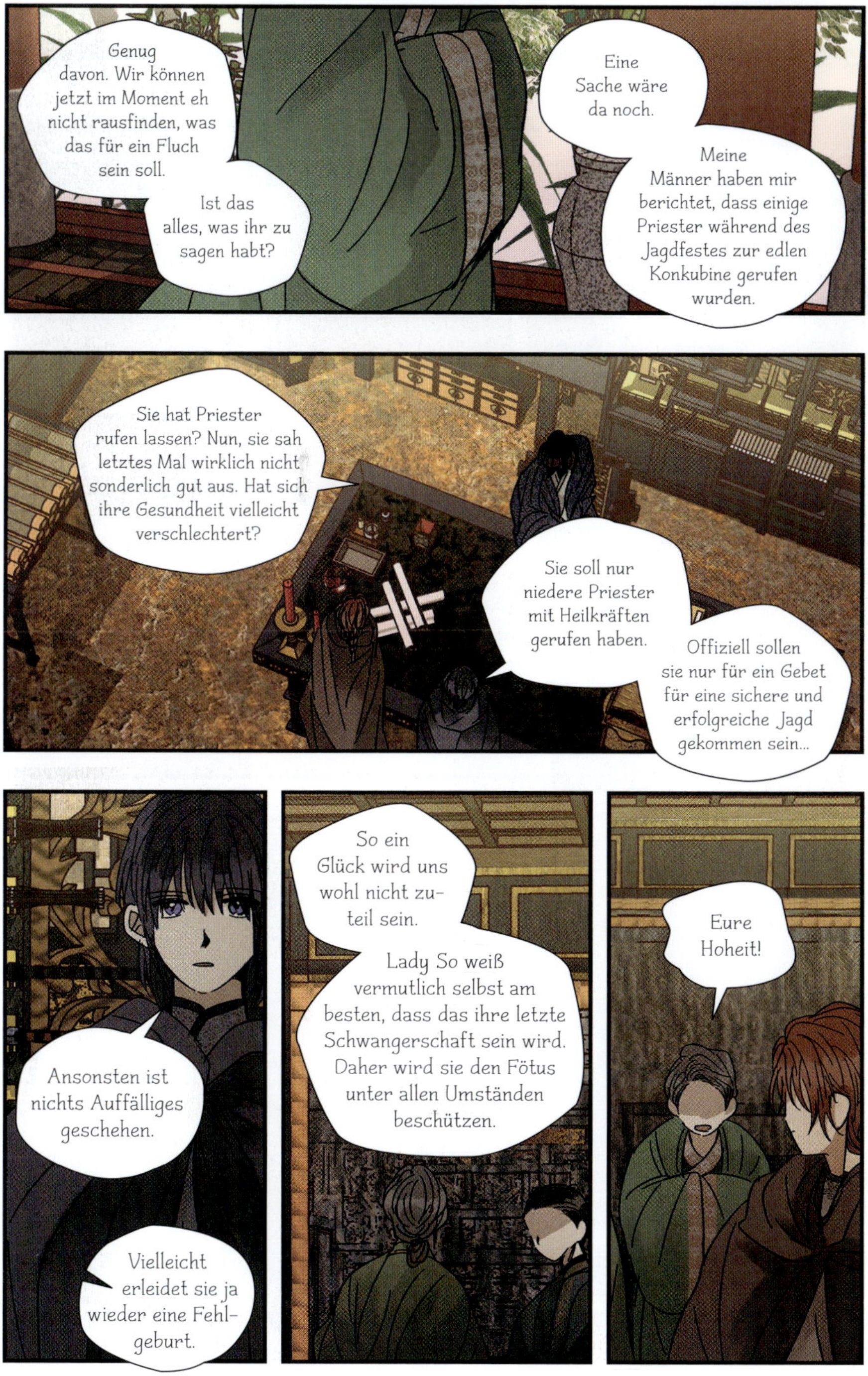
Genug davon. Wir können jetzt im Moment eh nicht rausfinden, was das für ein Fluch sein soll.
Ist das alles, was ihr zu sagen habt?
Eine Sache wäre da noch.
Meine Männer haben mir berichtet, dass einige Priester während des Jagdfestes zur edlen Konkubine gerufen wurden.
Sie hat Priester rufen lassen? Nun, sie sah letztes Mal wirklich nicht sonderlich gut aus. Hat sich ihre Gesundheit vielleicht verschlechtert?
Sie soll nur niedere Priester mit Heilkräften gerufen haben.
Offiziell sollen sie nur für ein Gebet für eine sichere und erfolgreiche Jagd gekommen sein...
Ansonsten ist nichts Auffälliges geschehen.
Vielleicht erleidet sie ja wieder eine Fehlgeburt.
So ein Glück wird uns wohl nicht zuteil sein.
Lady So weiß vermutlich selbst am besten, dass das ihre letzte Schwangerschaft sein wird. Daher wird sie den Fötus unter allen Umständen beschützen.
Eure Hoheit!

Seine Majestät, der Kaiser, hatte einen Anfall und befindet sich nun in einem kritischen Zustand!
Ich kann meine Augen nicht richtig öffnen... Mein Gesicht muss total geschwollen sein.
Egal... Ich muss hier schließlich für niemanden gut aussehen.
*SUUS GESICHT SCHWILLT AN, WENN ER GEWEINT HAT
Suu.

Hast du gut Heia gemacht?
Ach stimmt, er hat ja gestern neben mir geschlafen.
Eure Hoheit...
Euretwegen habe ich kaum ein Auge zubekommen.
STRECK
HAAAHM
Stimmt gar nicht! Wieso sagst du das, wenn du doch gut geschlafen hast?!
Du hast gestern Nacht ganz viel wääh gemacht und bist dann eingeschlafen.
WÄ
ÄH
Habe ich überhaupt nicht. Ihr werdet niemals heiraten können, wenn Ihr solche Lügen erzählt.
Wenn Ihr weint, bekommt Ihr gleich Spielsachen und leckeres Essen. Ich jedoch bekomme gar nichts.
Was hätte ich also davon?
?!
Es stimmt aber! Du hast total wääääh gemacht!!

Ja, ich habe mir gestern die Augen ausgeheult und fertig.
Erinnerst du dich echt nicht?!
Ich weiß wirklich nicht, wovon Ihr sprecht.
So, hebt mal die Ärmchen hoch, damit ich Euch den Gürtel anlegen kann.
Heute sollte ich mir darüber Gedanken machen, was ich ab jetzt mache.
Wenn dieser Lord Jin mir nicht helfen will, dann habe ich immer noch die edle Konkubine... Irgendwas wird mir schon einfallen.
SCH
LING
Ieeek!!
Das bringt nichts, ich kann Euch den Gürtel auch blind anlegen.
Esst das hier.
Will nicht...
Es gibt immer irgendeinen Weg.
KNARZ
Gahwe...

Lass uns nachher kurz reden.
KLACK
Was ist gestern passiert, nachdem ich rausgegangen bin? Ist Lord Jin früher zurückgekehrt als gedacht?
?
Hey, hörst du mich nicht?
Bist du etwa eingeschnappt, weil ich dir eine runtergehauen habe? Dabei hast du doch zuerst...
Hey! Ich rede mit dir!!
Prinz Sahara, bitte bleibt kurz brav hier sitzen.

Hey! Weshalb sprichst du nicht mit mir?! Wurdest du meinetwegen gestern arg bestraft?
!
PACK
Hast du jetzt etwa vor, in Zukunft kein Wort mehr mit mir zu reden?
Sag es mir doch einfach, wenn dir das befohlen...
罪
= VERBRECHEN

ZACK
SAUS
Oh nein...
Suryeon Jin, dieser durchgeknallte Mistkerl...

In manchen
Momenten...

... spürte ich seine Güte mir gegenüber.
Auch wenn das bei ihm nur aus einer Laune heraus ge- wesen sein mag...

... hat es mir doch die Sicher- heit gegeben, dass er mir nicht sofort schaden würde.

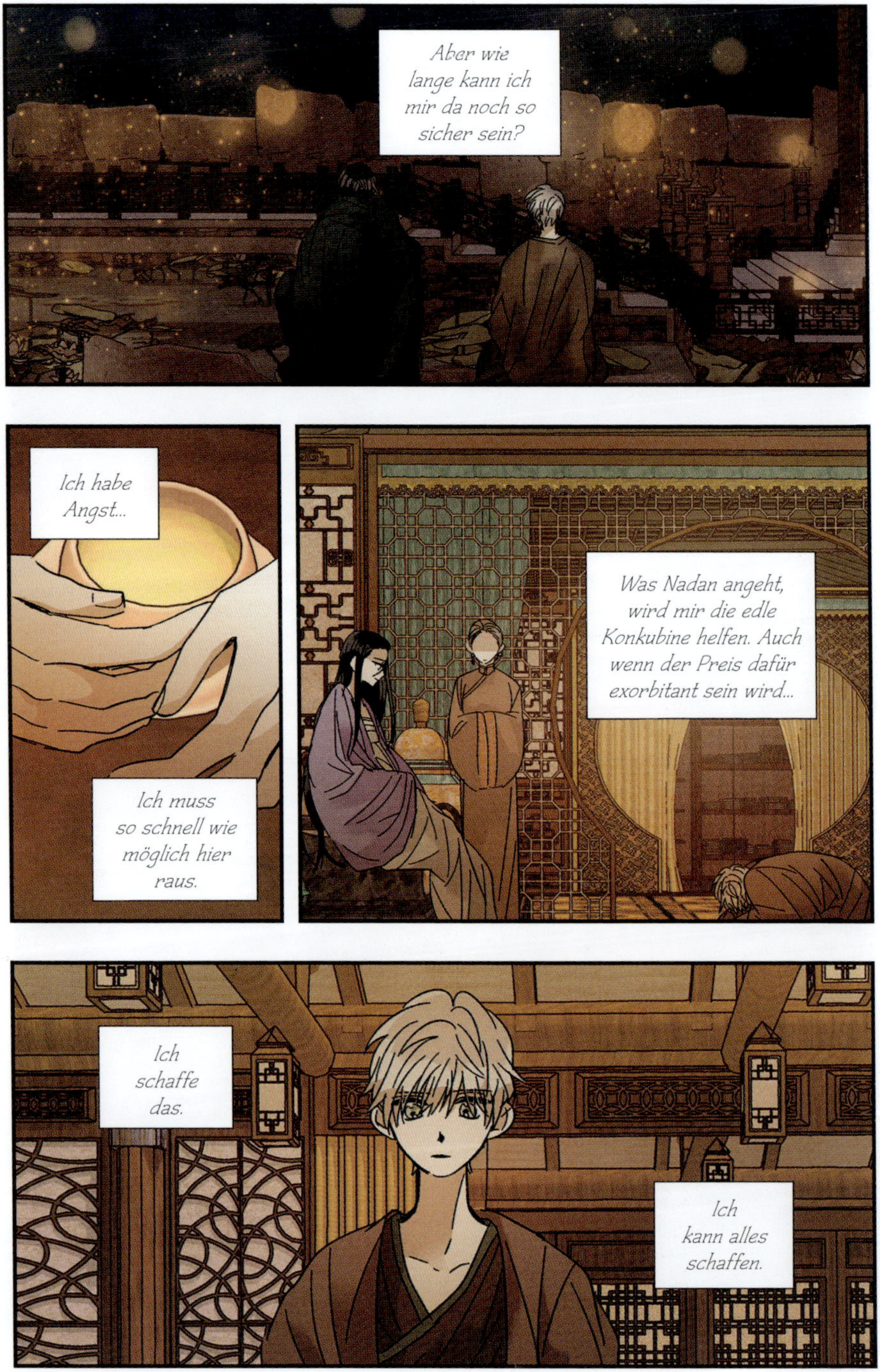
Aber wie lange kann ich mir da noch so sicher sein?
Ich habe Angst...
Ich muss so schnell wie möglich hier raus.
Was Nadan angeht, wird mir die edle Konkubine helfen. Auch wenn der Preis dafür exorbitant sein wird...
Ich schaffe das.
Ich kann alles schaffen.

Ich muss es einfach tun…
… bevor alles noch mehr ausufert…
Ich kann das Geld benutzen, das ich für meine Dienste für den Prinzen erhalten habe. Das sollte genügen, um Nadan und mich aus Rahan rauszuschaffen…
KNEIF
Das Problem ist allerdings, dass wir neue Identitäten brauchen und eine Wüste oder das Meer überqueren müssen, um in ein anderes Land zu kommen…
Nadan, du Dummkopf…
Weshalb hast du dich nur in so was verwickeln lassen?
Machst du das mit Absicht, um mich zu ärgern?
Was passiert danach, Suu?

Wo willst du danach hin?
Suu?
Was passiert danach?
Was passiert mit der Schild-kröte?! Was ist mit ihr?!
Ah... Sie geht einfach zurück ins Meer...
Ups... Ich war schon wie-der abwesend.
Warst du schon mal am Meer, Suu?
Prinz Sahara.
Ja?

Ihr habt mir doch mal gesagt, dass Lord Jin ein Mist... Ich meine, ein böser Mensch wäre.
Ja... stimmt.
Weshalb denkt Ihr das?
Willst du das wissen?
Was kriege ich von dir, wenn ich es dir sage?
Hach, wenn Ihr es mir nicht sagen wollt, dann lasst es einfach. Ich kann einfach jemand anderen überreden, es mir zu sagen.
Was?! Wie willst du das denn machen?! Das weiß niemand außer mir!
Ich werde jedem außer Euch schmeicheln, um es mir zu sagen.
DREH
Das ist doof!! Frag nur mich!!
Nein!! Schmeichle mir! Mach das mit mir!!
WUMM
WUMM
KNALL
WUMM

Uhh... Also warum Suryeon so doof ist...
SCHNIEF
Weint doch nicht und lasst Euch ruhig Zeit.
Wie süß.
Er hat seine Geschwister umgebracht.
Das ist in Adelsfamilien keine Seltenheit...
Machtkämpfe sind dort an der Tagesordnung.
Und...
... er hat auch seine Mutter...
... und seinen Vater umgebracht.

Und auch mich...
STRECK
Ihr führt da ja...
... ein wirklich interessantes Gespräch.

Fass Suu vor meinen Augen...
... nicht so an.
ZIEH
Baekah, Prinz Sahara hat sich schmutzig gemacht, also nimm ihn mit, damit er sich umkleiden kann.
Ahh!! Will nicht!! Loslassen!!
SCHNAPP
Jawohl.

Suu!! Rette mich!!
Ihr könnt den Prinzen doch nicht so rau anfassen...!
Urgh, der scheint miese Laune zu haben.
Ist er immer noch wegen der Sache von gestern stinkig?
Dann kleidet Euch mal schön um...
Suu, du Verräter!!
Ähm, kleine Kinder reden ja viel, wenn der Tag lang ist.
Also... Nehmt Euch das nicht zu sehr zu Herzen.
Du scheinst die Nacht über noch schwächer geworden zu sein, Suu.
Was? Ich? Ich habe doch ausreichend geschlafen...
Hast du schon wieder neben Prinz Sahara geschlafen?

Ist der Prinz nicht noch etwas zu jung dafür, um dich so zu berühren, wie du es gerne hättest?
Werdet Ihr nicht in den Kerker geworfen, wenn Ihr die kaiserliche Familie so beleidigt?
Haha, wenn diese Gesetze streng durchgesetzt werden würden, säßt du schon längst im Kerker.
Deine Lippen...
Ehrlich gesagt...
BEISS
Du solltest dir wirklich abgewöhnen, andere zu beißen.
... bin ich gerade einfach nur extrem neugierig, was diesen Mann hier betrifft.

LECK
Ich will wissen, was er mir geben kann.
Und auch, was er von mir will.
Mir ist das zuvor schon aufgefallen... Aber dein Gaumen scheint sehr empfindlich zu sein.
Haah, urgh...
ZUCK
Beiß mich hier nicht.
Du hast schließlich angefangen.
Will er mich umbringen...
... oder mich retten?

Kapitel 26

DRÜCK

KHOFF
Khoff!
Hrgh...
Du hältst ja wirklich einiges aus.

Nun, ich werde es dabei belassen und ein Auge zudrücken.
Khoff! Khoff...!
Haah... Ihr hättet mich fast... umgebracht...
PLUMPS
Hargh...
Ein Auge zudrücken, du mich auch... Mistkerl.
Du warst so gut, dass ich einfach rausfinden wollte, wie viel du erträgst.
GREIF
Komm her.
Er scheint gleich besserer Laune zu sein.

Der Mund und die Lippen...
HEPP
... brauchen mehr Zeit zum Heilen.
Deshalb mag ich diese Körperteile besonders.
Haah... Nur zu, behaltet diesen Geschmack lange, lange bei...
Dieser Irre.
Übrigens kenne ich das Ende der Geschichte anders.
Auch wenn diese Geschichten gern in diversen Versionen erzählt werden.
Über die Sumpfschildkröte, die die Leber des Hasen verliert.

Ab wann habt Ihr denn bitte gelauscht?!
Seit du dem Prinzen nicht den Unterschied einer Sumpfschildkröte zu einer normalen Schildkröte erklären wolltest.
Also seit du nur von einer Schildkröte geredet hast.
Also von Anfang an!
Soweit ich mich erinnere ...
Ah...
... nimmt sich die Sumpfschildkröte vor lauter Schuldgefühlen das Leben, anstatt ins Meerreich des Drachenkönigs zurückzukehren.
Jaja, hört auf, mich zu betatschen...!
GRAPSCH
TATSCH
Ich kann einem Kind ja wohl kaum erzählen, dass die Geschichte in einer Selbsttötung der Schildkröte endet.
Das wäre aber ein passenderes Ende für den loyalen Diener des Drachenkönigs.
Ich glaube aber auch nicht, dass sie sich aus Schuldgefühlen umgebracht hat...
DREH

Ich denke eher, dass ihr bewusst war, dass bei ihrer Rückkehr eh nur der Tod auf sie warten würde.
Selbst wenn der Drachenkönig sie verschonen würde, würde der Schildkröte nur noch ein miserables Leben in Aussicht stehen.
Anstatt also ein Leben lang als Nichtsnutz im Drachenkönigreich gebrandmarkt zu sein, scheint mir die Flucht in den Tod die bessere Lösung zu sein.

Hm? Das sehe ich aber anders.
Was?
Wenn ich die Sumpfschildkröte gewesen wäre, hätte ich nicht die Selbsttötung gewählt. Ich wäre aber auch nicht einfach davongegangen.
Immerhin hat sie das ganze Leben in diesem Meer verbracht.
Alles, was sie ausmacht, ist dort. So einen Ort kann man nicht einfach so verlassen.
Für manche mag das noch schwieriger als die Selbsttötung sein.
Urgh... Und das aus dem Mund von jemandem, der gesagt hat, dass er sofort fliehen würde, sollte sein Plan scheitern...
Aber doch nur, wenn ich alles vorbereitet habe und entschlossen bin.
Einst...

... hatte ich plötzlich die Chance, all diese widerwär-tigen Dinge hinter mir zu lassen und zu gehen.
Allerdings wäre mir das so unfair vorgekommen, dass ich nicht fortgehen konnte.
Irgendwie...
... hat es sich nicht richtig angefühlt.

Er ist echt gut darin, den Verwundbaren zu spielen...
Ich kann ihm nicht vertrauen.
Aber weshalb fühlt es sich nur so gut an, wenn wir uns berühren...?
KNUDDEL

Suu.
Ja...
Es gibt da etwas, das du für mich tun musst.
Ah, wenn es um Prinz Sahara geht, kann ich nicht noch mehr...

Wenn du meinen Auftrag erfüllst...
... werde ich auch dir einen Wunsch erfüllen.
Wirklich?
Wirklich.
Ist es lebensgefährlich?
Hier im Palast ist es das doch immer.
Sag mir aber zuerst, was du dir wünschst.

Nun, wobei ich mir das eigentlich schon denken kann...
...
Dann heilt bitte Gahwe.
Gahwe? Was ist das?
Der Schreindiener, dem Ihr »Verbrechen« auf die Zunge geritzt habt.
Also echt…
Ach so...
RUCK
RUMS
Aua!!

Du kennst ja ziemlich viele Kerle hier.
?!
Benimmt er sich seit gestern etwa so, weil er…
Seid Ihr etwa eifersüchtig?

Haah...
Ich fasse es nicht, dass du so eine Frage überhaupt wagst...
Ich scheine dich wohl zu sehr verwöhnt zu haben.
Er weicht meinem Blick aus.
Aber nun gut. Ich werde sofort einen Heiler losschicken.
Soll ich mal testen, wie weit ich gehen kann?
Vielen Dank für Eure Güte.
Aber könntet Ihr Euch nicht persönlich um Gahwe kümmern?
RUCK
Ich glaube nicht, dir erlaubt zu haben...

... dich dort hinzusetzen.
WACKEL
...
Bitte vergebt mir mein schamloses Verhalten.
Dieser kleinliche Wicht...
PLUMPS
Ich vergebe dir.
Und ich heile nicht einfach jeden.
Das solltest du dir lieber merken.

Komm näher.
Halte den Kopf unten und stütz dich nicht auf deine Knie.
Ah! Moment, wartet mal... Tretet bitte nicht auf...!
Hör dir meine Worte in dieser Position an.
Du musst für mich dringend wohin gehen.

Und dort
etwas für
mich holen.

Argh!
KLAPPER
Von diesem Lärm kriege ich Kopfschmerzen!
Wo kommt denn bitte dieses fürchterliche Gejaule her?
Das kommt von den Konkubinen, die vor dem Gemach des Kaisers beten.
Das können sie sich sparen, bis er tatsächlich tot ist.
Ich schwöre, ich werfe sie alle gleich mit in sein Grab, wenn ich erst mal zur Kaisermutter werde.
Das werdet Ihr bestimmt.
Das ist ja auch nicht das erste Mal, dass diese dummen Lämmer wegen der Gesundheit des Kaisers so einen Aufstand machen.
Ich habe selbst nach ihm gesehen und es geht ihm nicht anders als sonst auch.
Ihr solltet Euch lieber im Liegen ausruhen.
Edle Konkubine, hier ist Besuch für Euch.

Lady Min und der 14. Sohn warten draußen.
S...Seid gegrüßt, edle Konkubine.
...

B...Bitte verzeiht unsere Verspätung. Es gab so viel vorzuberei-ten, da der Prinz zum ersten Mal unsere Gemächer verlässt.
Los, grüß die edle Konkubine.
Höä...?
SCHWUPP
Gahwe.
Waaaaah!!

Ich bin froh, dich so fidel schreien zu hören, dann wurdest du wohl geheilt.
Suu...!
Hat der Heiler sich gut um dich gekümmert? Ich habe extra darum gebeten, jemand Fähiges zu schicken...
Bist du auch sonst nirgends verletzt?
Das habe ich also wirklich dir zu verdanken.
Ich danke dir dafür.
Aber bitte rede in Zukunft nicht mehr mit mir.
Ich hänge nämlich an meinem Leb...
Suu?!
BEUG
Das werde ich. Und es tut mir wirklich leid.
Ich habe dich jedoch nicht willentlich in Gefahr gebracht... Ich entschuldige mich aufrichtig bei dir.

Suu, weinst du etwa?! Aber wieso denn?!
Ich habe dir und Mamsell Yeon gegenüber nur so ein schlechtes Gewissen…
Ich habe niemanden mehr außer Nadan…
S…
Ich war in dem Moment aus Sorge um Nadan wirklich nicht bei klarem Verstand.
Nachdem meine Familie sich in Rahan niedergelassen hat, sind meine Eltern und Geschwister an einer Epidemie gestorben…
Wie furchtbar… Du hast wohl in einem Gebiet gelebt, wo die Mara rumgegangen ist.
Hm…? Ja, ich glaube, so hieß die Krankheit… Allerdings erinnere ich mich nicht mehr genau daran…
Jedenfalls war Nadan auch ein Waise wie ich… Daher haben wir uns auf den jeweils anderen gestützt…
Wenn Nadan ein Verbrechen begangen hat, muss er natürlich dafür bestraft werden. Ich werde nicht dagegen angehen…
Es ist nur so, dass ich durch die Pflege des Prinzen überhaupt nicht weiß, was da draußen vor sich geht.

Daher habe ich Angst, dass Nadan hingerichtet wird und ich nicht mal etwas davon mitbekomme...
Ich sollte wenigstens jährlich seines Todestages gedenken...
Suu... Ich verstehe dich ja, aber es ist ein schwerwiegendes Verbrechen, einen Verräter so zu würdigen...
Ja, ich weiß... Aber trotzdem...
Haah... Ach egal. Das willst du wahrscheinlich gar nicht hören, oder? Ich höre lieber auf...
D...Das stimmt nicht.
Du kannst nur nicht verstehen...
... wie es ist, als Ausländer in einem Land wie Rahan zu leben.
Ohne Nadan wäre ich wahrscheinlich gar nicht mehr am Leben.
So wie all die anderen...
Wie kann er beim Weinen nur so hübsch aussehen und bloß eine rote Nase bekommen?
Suu... wein doch nicht.
Ich weiß nicht, ob dich das tröstet...
... aber dieser Nadan wird nicht so schnell hingerichtet.

Der Kaiser hatte gestern einen Anfall. Seitdem herrscht im ganzen Palast Ausnahmezustand.
Zu solchen Zeiten werden Hinrichtungen verschoben, um gutes Karma für den Kaiser zu erlangen.
Es ist also wirklich was vorgefallen. Kein Wunder, dass Lord Jin seit dem Morgen bereits so düster dreingeblickt hat.
Der Kaiser hatte einen Anfall...?
Ja, es soll wirklich ernst um ihn stehen. Wer weiß, was für eine Zukunft uns erwartet...
Der Kronprinz hat zum ersten Mal anstelle des Kaisers die festliche Opfergabe dem Himmel dargeboten. Weil der erste Festtag so grausig geendet hat, ist der ganze Palast in Aufruhr.
Heute wurden auch die Schreindiener, die schlecht über den Kronprinzen gesprochen haben, von Mamsell Yeon streng bestraft.
Ich habe auch bereits die Grausamkeit des Kronprinzen, die von seiner langen Zeit an der Landesgrenze herrührt, erleb... ich meine, davon gehört, aber...
Jedenfalls solltest auch du lieber auf der Hut sein, Suu.
Schlecht über jemanden reden...

Ja, i...ich habe mir alles gemerkt. Am Yeonghwa-Tor vorbei...
Gut. Dann zum kleinen Gebäude, das östlich gelegen ist.
Dort läufst du die Treppen hoch und wirst auf ein kleines Lager stoßen.
Du musst mir nur ein Buch von dort bringen.
Das wird kein normales Buch sein.

Where the Dragon's Rain Falls

Kapitel 27

Ein Buch also...
Was auch immer es ist, wenn der Kronprinz es benötigt...
... dann wird auch die edle Konkubine großes Interesse daran haben.
Suu...

Du reißt mir noch die Backen ab.
KNAUTSCH
KNAUTSCH
Ups, verzeiht. Die sind einfach so knautschig, dass ich nicht anders konnte.
Woran denkst du gerade?
Ach, an nichts Besonderes.
Mir bleibt eh nichts anderes übrig, als hinzugehen.
Habt Ihr denn schon alle Teile zusammengesteckt? Wow, Ihr werdet immer geschickter.
Geh nicht, Suu.
Du wirst es nur bereuen.
Was...?
SCHIEB

Suu, hier ist der Milchbrei, um den du mich gebeten hast.
Oh, danke. Stell ihn einfach irgendwohin.
Ich störe euch wohl gerade beim Spielen.
Wenn ich abends mit ihm spiele, schläft Seine Hoheit schneller ein.
Wer hat gesagt, dass du reinkommen darfst?!
Raus! Ich esse das nicht!
Eure Hoheit, bitte unterlasst das doch!
BATSCH
Autsch!
Er fremdelt sehr, weshalb er manchmal so ein Theater macht.
Nimm dir das nicht zu Herzen, Gahwe. Hilf mir doch bitte, hier etwas aufzuräumen.
Das macht mir nichts aus.
Wow... Solche Spielsachen habe ich schon lange nicht mehr gesehen. Wir haben auch einiges davon zu Hause, aber natürlich nicht solche hochwertigen.

Ihr habt wohl Kinder bei euch zu Hause? Neffen und Nichten von dir?
Ja, insgesamt sieben.
Der Älteste ist neun und die Zwillinge wurden vor Kurzem erst geboren.
So viele? Ist deine Familie wohlhabend?
Das nicht... Aber wir haben das Erbe unserer Eltern und da sie in einem Dorf leben, kommen sie mit dem Geld über die Runden, das ich ihnen schicke.
Er lässt sich also voll ausnutzen.
Meine große Schwester hat noch nie gearbeitet und auch mein Schwager ist nicht gerade tüchtig... Aber beide sind wirklich liebe Menschen.
Ah... Verstehe. Du hast es echt nicht leicht.
Aber denkst du nicht, dass sie etwas zu viele Kinder bekommen, wenn sie doch nicht mal Arbeit haben?
Haha, es freut mich einfach, dass sie sich so innig lieben.
Wie werden eigentlich Babys gemacht?
ZU
CK

Ach je, da ist ja ein Fleck...
Er tut so, als hätte er nichts gehört?!
WISCH
WISCH
Na?! Woher kommen denn Babys? Sagt es mir!! Los!!
Warum sagt ihr denn nichts?
<Sauer auf Suu>
<Sauer auf Gahwe>
Der macht mir Angst...
Nun ja...
Also... was Babys angeht...
Wenn zwei Menschen, die sich lieben, zusammen unter einer Decke einschlafen, entsteht ein Baby.

ABGESCHLAGEN
Suu, kriegst du ein Kind von mir...?
Hahaha, so schnell geht das nicht.
Und um ein Kind zu kriegen, muss man erst mal heiraten. Außerdem braucht man viel Geld, um ein Kind zu füttern und zu kleiden.
Die Geburt an sich ist auch furchtbar anstrengend. Deshalb muss man der Mutter für all die Anstrengungen auch viel Geld geben.
S...So viel?!
Ich...
KRAM
Ich habe... nichts, außer das hier... Tut mir leid, Suu...
SCHLUCHZ
Wow! Ich werde es dir auf jeden Fall sagen, wenn ich ein Kind bekomme.
Suu...

Das ist doch nur Spaß.
Suu... Danke... Und tut mir leid...
Ich selbst scheine Suu anders zu behandeln, da er in der Gunst des Kronprinzen steht...
Suu, wo kommst du eigentlich her?
Leute, die so helle Haare und Augen wie du haben, gibt es in Rahan und den umgebenen Ländern nur selten.
Dabei hast du aber überhaupt keinen Akzent...
Und du meintest doch, dass deine Familie zusammen nach Rahan gekommen ist, oder? Bist du dann vielleicht Halb-Rahanese?
Keine Ahnung, ich kann mich nicht mehr erinnern.
Du erinnerst dich nicht...?
Ich habe dir doch gesagt, dass meine Familie kurz nach unserer Ankunft in Rahan gestorben ist.
Ich war damals noch so jung und erinnere mich auch an kaum etwas vor dieser Zeit.

Es ist erstaunlich, dass du es überhaupt durch die Gebiete, in denen das Mara-Virus gewütet hat, bis in die Hauptstadt geschafft hast.
Und das in dem Alter und als Ausländer …
Was ist dieses Mara überhaupt für eine Krankheit?
Ich habe schon so manche Epidemien in verschiedenen Gebieten gesehen, aber die Symptome unterschieden sich nicht von Fieber oder einer Lebensmittelvergiftung.
Ah … Du bist wohl nicht lange an der Landesgrenze geblieben.
Wenn es über eine lange Zeit hinweg nicht regnet, wird das Land zu einer Wüste … Und die hungrigen wilden Tiere dort verwandeln sich in Maras.
Um es einfach auszudrücken, sie werden irre.
Einem Tier, das infiziert wurde, wachsen längere Zähne und seine Haut wird härter. Damit sieht es dann den legendären Maras ähnlich, wodurch auch der Name der Krankheit entstanden ist.
Menschen können sich ebenfalls damit infizieren, wenn sie von einem betroffenen Tier verletzt werden oder eines essen. Sie zeigen dann die gleichen Symptome.
Die Krankheit ist so ansteckend, dass ein einziges Opfer ein ganzes Dorf auslöschen kann …
Tiere oder Menschen, die vom Mara-Virus befallen wurden, sind sehr widerstandsfähig. Sie können daher nur durch Enthauptung getötet werden. Deshalb benötigt es auch ganze Armeen, um sie zu bekämpfen … Das ist echt eine große Last.
Und eine Vergeudung von Streitkräften …
Ach ja? Das wusste ich gar nicht. Nachdem ich erst mal in Rahan angekommen war, habe ich keine Zeit mehr an der Landesgrenze verbracht.
Das ist ja auch ein Tabuthema.
Sobald in einem Gebiet Mara-infizierte Wesen vorkommen, wird es als verflucht bezeichnet und isoliert.

Deshalb hat Regen in Rahan und den anderen Kontinenten auch solch eine Macht.
Anstelle des schlummernden Drachens lernen Priester im Schrein, wie man Regen beschwört. Deshalb wurde der kaiserliche Schrein auch zu so einem heiligen Ort, den nicht mal die kaiserliche Familie beliebig betreten darf.
Es scheint, dass einige der Rahaner wahrhaftig an Drachen glauben.
Dabei kann doch jeder dahergelaufene Priester ohne jeglichen Drachen Regen beschwören.
Während sie Bestechungen einsammeln.
Aber Regen, der durch die Magie oder Zeremonien der Menschen beschworen wird, ist auf die Macht des Beschwörers beschränkt.
Die verstorbene Hohepriesterin war so mächtig wie hundert Priester. Aber selbst sie hat gesagt, dass menschengemachter Regen nichts ist im Vergleich zu dem Regen eines Drachens, der selbst ein Halbgott ist.
Der Schrein redet doch nur aus politischen Gründen über Drachen, um sich selbst als Vertreter eben dieser hinzustellen.
Und genau diese Priester lassen es auch nur alle Ewigkeiten mal regnen, um es dramatischer aussehen zu lasen.
Suu, Suu!

Ich kann einen Mara be-siegen. Denn das sind alles meine Lakaien!
Wow, Ihr habt ja so viele Lakaien, Eure Hoheit!
Wirklich! Ich kann auch Küken piep piep machen lassen.
Ihr könnt sie piepen lassen? So etwa?
Denn ich bin das mächtigs-te Wesen... Deshalb müssen sich mir alle ergeben und meinen Worten folgen...
Alle sollten mich mögen und mir dienen...
Aber Suryeon hat alles kaputt gemacht.

Und er hat mehrfach versucht, mich umzubringen...
Gahwe, du solltest lieber gehen! Danke dir, das wäre eigentlich meine Aufgabe gewesen.
Oh, in Ordnung. Pass auf dich auf, Suu.
HAPS
Fängt er schon wieder damit an.
SCHIEB
Was ist denn mit Euch, Prinz Sahara? Weshalb seid Ihr plötzlich so traurig?
Suu! Es war so anstrengend für mich, auf die Welt zu kommen!
Ach herrje, war es das? Ei, ei, ei.
Ja...

Ich sollte Suryeon einfach umbringen.
Ich mache ihn futsch!!
RUCK
Waah! Sagt doch bitte nicht so etwas Furchterregendes, Eure Hoheit! Das bringt Euch sonst noch selbst ins Grab!
Wisst Ihr, mein Prinz, es gibt niemanden, der von jedem geliebt wird.
Das gilt selbst für den Kaiser.
PLUMPS
Es genügt, wenn die Menschen, die ich mag, mich auch mögen.
Suu... Magst du mich?
Natürlich! Ich kümmere mich doch um Euch, weil ich Euch so gernhabe.
SCHMUS
Ich mag dich auch!
Hehehe, dann mögen wir beide jemanden, der uns auch mag.
KNUDDEL

...
Aber Ihr dürft so etwas nicht zu leicht daher-sagen.
Wieso nicht?
Ich werde nämlich ganz traurig sein, wenn Ihr später sagt, dass Ihr jemand anderen mögt.
Ohhh!!
KULLER

Oh Mann...
ENDLICH EIN-GESCHLAFEN
ZZZ
Mir tut alles weh... Der Kleine scheint immer mehr Ausdauer zu bekommen.
PLUMPS
Ich soll es bereuen, wenn ich gehe... Wie kommt er nur darauf?
Dann leg dich heute Nacht nicht schlafen, sondern warte auf mich.
Ich werde dich bis aus dem Schrein hinaus geleiten.
Dieser Kerl...

War er wirklich eifersüchtig?
Ich habe ja selbst gemerkt, dass er eine Schwäche mir gegenüber hat.
Aber vielleicht macht er auch jedem den Hof...
Er mag zwar recht pingelig sein, aber er sieht verdammt gut aus. Er würde bestimmt jeden rumkriegen, auf den er ein Auge geworfen hat...
Und im Gegensatz zu den anderen Kriegern schwingt er keine hohlen Reden über Loyalität und Treue.
Vielleicht genießt er deshalb die Gunst des Kronprinzen...
Seine Familie mag ja recht komplex sein, aber an Vermögen scheint es ihnen nicht zu fehlen...
Als mächtiger Krieger wird er bestimmt auch einige Anhänger haben.
Irgendwas an ihm ist trotzdem faul... und gefährlich.
Aber das ist nicht der einzige Grund, warum ich in letzter Zeit in seiner Gegenwart nervös werde.
Vor allem...

Fühlt es sich gut an, wenn wir uns berühren.
Es ist, als könnte ich fühlen, wie das Blut durch meinen Körper rauscht...
ZUCK
Mist... Ich bin doch gar nicht so einer.
Ich lasse mich nur jedes Mal wieder mitreißen, wenn er mich berührt...
SCHMOLL
Oh, da seid Ihr j...

Guten Abend, Suu.
Oh... Guten Abend.
Hast du dich etwa so positioniert, um Lord Jin zu empfangen? Du fleißiges Bienchen, Suu.
So ist das nicht.
Sei nicht zu enttäuscht, dass Lord Jin nicht persönlich kommen konnte.
Ich danke Euch, dass Ihr Euch um mich sorgt, aber ich bin nicht enttäuscht.
Hach, wie steif du nur bist. Dabei bist du doch Lord Jin gegenüber so ein goldiger Fratz.
Wie auch immer, Lord Jin kann zwar nicht persönlich kommen, aber er hat mir etwas für dich mitgegeben.
KRAM

LEG
Das ist zwar klein, aber äußerst scharf, also pass gut auf.
Ich dachte, ich sollte nur ein Buch holen?
Genau, du sollst ein Buch holen, »ohne dass irgendjemand etwas davon mitbekommt«.
Verstehe. Ich werde es im Notfall gut gebrauchen können.
Keine Sorge, es ist wirklich nur für den Notfall.
Dann lass uns jetzt aufbrechen.

Ähm... Lady... Also... Äh...
Ach, stimmt, ich habe mich noch gar nicht richtig vorgestellt, oder? Nenn mich Yeonghwa.
Jawohl, Lady Yeonghwa. Verzeiht, aber seit wann arbeitet Ihr schon für Lord Jin?
Eure Ladyschaft und Lord Baekah schei-nen sehr vertraut mit Lord Jin zu sein, daher nehme ich an, dass Ihr schon lange in seinem Dienst steht.
Hmm... Ich gehe mal stark davon aus, dass du nur Interesse an mir und Baekah heuchelst ...
... um Informationen über Lord Jin zu erhalten, richtig?
Bitte verzeiht, wenn diese Frage un-angebracht war.
Ich wollte damit nichts bezwecken...

Sagen wir einfach mal, dass du recht hast und wir uns wirklich schon eine recht lange Zeit kennen.
Lange genug, um den jeweils anderen in- und auswendig zu kennen.
Könnte es vielleicht sein...?
Wenn du dir hier irgendwelchen widerwärtigen romantischen Quatsch zwischen uns ausmalst, dann vergiss das lieber schnell, wenn dir dein Leben lieb ist.
BALL
Ich bitte um Verzeihung.
Dann vielleicht eher...
Das gleiche gilt natürlich auch für Baekah. Wir beide würden uns eher von der nächsten Klippe stürzen, als Lord Jins Bett zu teilen.
Kann sie Gedanken lesen...?
Wenn ich mir deine unbegründeten Vermutungen so ansehe...

... scheinst du wohl deinen Herren immer auf diese Weise gedient zu haben?
Wenn du etwas über Lord Jin wissen möchtest, dann frag ihn am besten selbst.
Du scheinst in Bettgeflüster ja recht gewandt zu sein.
Ist das als feindselige Beleidigung gemeint?
Oder spricht sie nur aus ein- facher Verach- tung heraus?
Das zu entziffern, ist ermüdend.

Aber wie es auch gemeint war, mir bleibt nichts anderes übrig, als es lachend abzutun.
BEUG
Jawohl, das werde ich tun.
PFFT
Ich möchte dich hier nicht beleidigen…
… solch ein Bettgeflüster ist schließlich ein Talent für sich.
Sie macht mich echt fertig…
HAAH
Wie der Herr, so sein Gefolge.

Ganz gleich,
wer man auch
ist...

... scheint doch jeder Blick vom Mondlicht angezogen zu werden.
So...
... ab hier wirst du allein weitergehen müssen. Wir treffen uns in zwei Stunden wieder hier.
Vielen Dank für Euer Geleit.
Puh...

Ich mag diese Frau nicht.
Ganz deiner...
... Meinung.
Prinz Sahara?! Seit wann folgt Ihr mir denn schon?!
Suu, wo gehst du hin?
Aber... Wie könnt Ihr mir denn folgen, wenn Ihr nicht mal wisst, wohin es geht?!
Ihr könnt Euch doch nicht einfach so ins Ungewisse stürzen!

KLACK
Haah... Wenn ich bedenke, wie sehr ich mich über die Anstellung im Palast gefreut habe...
... nur um hier ein staubiges Lager zu verwalten.

Kapitel 28

Nun gut, machen wir es so!
Wenn Ihr Euch hier mucks- mäuschenstill versteckt haltet, werde ich ratzfatz wieder zurückkommen, um Euch zu holen!
Ihr seht wie ein grünes Schäfchen aus, mein Prinz! So niedlich!
So, Ihr seid ja ein ganz lieber Junge, also hört schön brav auf mich. Hier ist noch ein Bonbon für Euch.
Ich will nicht.
Ich bin kein Schaf. Und es macht keinen Spaß, allein zu bleiben.
Argh...
RASCHEL

Das geht nicht! Lord Jin hat mir aufgetragen, Eure Genesung im Schrein geheimzuhalten, also könnt Ihr nicht einfach hier draußen herumwandern!
Wir befinden uns bei Lord Jin gerade eh auf dünnem Eis!
Suryeon ist doch egal, der ist eh doof!
Ich mache, was ich will!
Das ist doch jetzt nicht die richtige Zeit für plötzliche Proklamationen!
Ich werde nur schnell etwas holen, um das ich gebeten wurde, und bin gleich wieder zurück. Also bleibt schön brav hier!
Es ist eh schon ein Wunder, dass uns bis jetzt noch niemand erwischt hat!
Verstanden?! Na los!
DRÜCK
DRÜCK
Seid schön leise! Wenn Euch jemand erwischt, stecken wir richtig tief in der Tinte!
Urgh…
Bäääääääääh…

Pst!!
Bääääh...
Happ!
Schon gut, schon gut, jetzt seid doch still!!
Dann folgt mir meinetwegen, aber Ihr müsst dabei wirklich ganz, ganz leise sein.
Und falls etwas passiert, müssen wir so tun, also würden wir uns nicht kennen, ja?
Hä...? Okay.
So ah-nungslos...
Haah... Ein Glück, dass wir hier in den Ausläufern des Palastes sind.
Du, Suu...
Meine Beine tun weh.

Ich frage das aus wirklicher Neugier heraus, aber warum seid Ihr mir gefolgt?
Nur, um mich zu ärgern?
Meine Beine tun weh… und ich habe Hunger…
Deswegen habe ich Euch doch gesagt, dass Ihr den Brei essen sollt.
Das funktioniert so nicht. Ich werde erst mal zum vereinbarten Zeitpunkt Ihre Ladyschaft treffen und ihr den Prinzen übergeben. Danach kann ich ja immer noch mal los…
Wenn ich mich beeile, kann ich noch vor dem Morgengrauen wieder da raushuschen.
Ich bin müde…
Dann hättet Ihr einfach brav in Eurem Bettchen schlafen sollen, anstatt mir zu folgen…
Aber ich will nicht, dass du verletzt wirst…
Wisst Ihr etwa, was sich hier befindet?
Hmm…

Das soll wohl eher ein einfaches Lager statt einer Bibliothek sein...
Ich habe auch Gahwe danach gefragt, aber er meinte, dass er ebenfalls nicht mehr darüber wüsste...
Keine Ahnung. Ich weiß nur, dass es gefährlich für dich ist.
Langsam bekomme ich nämlich einen Sinn für alles, was dich betrifft.
Ich weiß auch, wie gut du dich immer fühlst, wenn du mit Suryeon Zeit verbringst.
W...Was zur...?!
Das nervt mich zwar, aber da kann ich nichts gegen tun.
Schließlich ist es ganz natürlich, dass man sich gut fühlt, wenn man etwas Leckeres verspeist.
W...Wer sagt denn, dass ich hier irgendwas verspeise?!
Schon gut. Wenn du Suryeon verspeist, kann ich einfach dich verspeisen.

Selbst verspeist zu werden, fühlt sich auch gut an, Suu.
AHH
Was redet Ihr denn da?! Beißt mich nicht!
Es handelt sich nur um eine ganz kleine Bibliothek, daher wird sie nicht die ganze Zeit von einer festen Wache bewacht.
Sobald du erst mal drinnen bist, brauchst du dir keine Sorgen zu machen, dort auf irgend-jemanden zu treffen.
Wenn ich schon hier bin, sollte ich mir wenigstens mal die Lage anschauen, oder?
KNARZ
WUSCH
Ah, er geht gerade. Das Licht ist auch aus.

Das ist meine Chance...!
Ich bin drin!
Haah, haah, haah...
Das ist ja wirklich nicht groß?!
Er meinte, es befände sich im hintersten Raum...
Was will er bloß aus so einem heruntergekommenen Lagerraum haben?
...

Dieser Idiot hätte mir doch sagen müssen, dass die Tür versperrt ist...
LO
DER
Suu... Mir wird ganz heiß...
Der Schlüssel wird sich wohl kaum hier irgendwo befinden.
Hat ihn vielleicht der Diener von vorhin?
...
Hat er mir dann das Messer gegeben, um ihn umzubringen?
WUMM
Prinz Sahara?! Seid still...
Ich habe es aufgemacht.
Wie bitte?

KRRRK
Schon wieder.
Prinz Sahara.
Was ist hier los? Wie...
RUMPEL

Oje, jemand muss das gehört haben...
Prinz Sahara! Kommt erst mal schnell hierher! Los!
TAPP
TAPP
KNARZ
Ist doch noch jemand hier?!
Wartet brav hier drinnen und gebt keinen Mucks von Euch!
Nein! Warum...
Hört einfach auf mich!!
Kommt ja nicht raus! Ein zweites Mal drücke ich kein Auge mehr zu!!
KNALL
Wenn ein Prinz in diese Sache verwickelt wird, kann das einen Kampf zwischen den Fraktionen auslösen! Also bleibt schön hier und seid still, wenn Euch Euer Leben lieb ist!
Hick...

SCHIEB
Ist da jemand?
STILL
Ich habe doch eindeutig etwas gehört...

KNARZ
Suu?
J...

Junger Herr?!
Suu...
Junger Herr... I...Ich wusste gar nicht, dass Ihr Euch hier aufhaltet.
Das letztens tut mir wirklich furchtbar leid.
Hahahaha...
Du...
ZACK
Ahh! Ich konnte einfach nicht gegen diesen eingebildeten, kaltherzigen Bastard ankommen...!!
Komm mit mir zurück nach Jugang, Suu.
DRÜCK

Ich habe die Zeit über viel an dich gedacht.
Was...
Was ist denn bitte mit diesem Idioten los?
Ich habe mir tausend Gedanken darüber gemacht, wie ich dich, der mich gleich zweimal hintergangen hat, im Palast finden und umbringen könnte.
Jedes Mal hast du mich für einen anderen verlassen, als ob du dich über mich lustig machen würdest...
Ich hatte vor, den Rüpel zu finden, der es gewagt hat, einen Offizier des Palastes anzugreifen, aber ich konnte seine Identität einfach nicht rausfinden.
Vater ist sogar zu Lord So gegangen, um diesen um Gerechtigkeit für seinen Sohn zu bitten, aber der Kerl wollte nichts davon hören.
Lord So ist eben ein schwer beschäftigter Mann. Seine Tochter steht ja kurz vor der Geburt ihres Kindes.
Dabei hat mein Vater solche Mühen auf sich genommen, um Lord So, der doch einst nur ein einfacher Händler war, diese Position zu verschaffen...
Unsere Familie wurde letztendlich nur für die edle Konkubine ausgenutzt...

Bevor ich zur Hauptstadt aufgebrochen bin, hat meine Mutter mich extra noch gewarnt.
Sie meinte, dass man im Palast keine Aufrichtigkeit finden und daher niemandem trauen könnte.
Jetzt verstehe ich, was sie damit gemeint hat.
Deshalb habe ich mich entschieden, dir undankbarem Ding zu verzeihen.
DRÜCK
In Jugang zumindest warst du doch sicher aufrichtig mir gegenüber, nicht wahr?
Was...?
Ich wusste nicht, dass du von meinen Worten zur Vermählung so geschockt sein würdest.
So sehr, dass du Jugang verlassen hast...

Lass uns zusammen nach Jugang zurückkehren.
Ich werde dafür sorgen, dass du für den Rest deines Lebens gut versorgt bist.
Was?
Ich mache mir keine Sorgen darüber, gut versorgt zu sein.
Ich mache mir mehr Sorgen darüber, dass mich jemand aus Eurer Familie umbringen würde, weil ich ein dreckiger Ausländer bin, der Euren Familiennamen in den Schmutz zieht.
Wer aus meinem Hause sollte es wagen, meinen Besitz umzubringen?!
Würdet...
... Ihr Euch dann ganz offiziell mit mir vermählen?

Ich frage Euch, ob Ihr mir eine offizielle Position in Eurer Familie geben würdet.
Habt Ihr das auch mit Eurem Vater, der Dame des Hauses und seiner Nebenfrau besprochen?
Und Ihr werdet mir doch auch einen Garten herrichten, oder?
Ich möchte gerne so weit wie möglich von dem Garten der Dame des Hauses entfernt leben. Und meine Diener möchte ich selbst aussuchen.
Lasst im Garten bitte Wacholdersträuche anpflanzen.
Und was die Mahlzeiten betrifft, so möchte ich diese allein und zu von mir festgelegten Zeiten einnehmen.
Ich bestimme auch die Speisen und möchte jeden Tag, auch im Winter, 30 Pfirsiche zum Nachtisch haben.
Suu!
STOSS
Wieso hast du dich nur so verändert?!
In Jugang bist du doch schon wegen einem kleinen Dufttäschchen vor Freude ganz rot geworden!

Wo ist der Suu hin, den ich einst kannte?!
Ich freue mich riesig!
Ihr seid der Beste, junger Herr!
Ehrlich?
Ist das wirklich für mich?
War ich wirklich so drauf?
Junger Herr... Den Suu, der keine Ahnung von der Welt hatte, gibt es jetzt nicht mehr.
Seit ich Euer Haus verlassen habe, habe ich mir mehrfach die Hände schmutzig gemacht.
Wie könnte ich nur mit so einem Körper zu Euch zurückkehren?
Ihr wisst doch jetzt auch, was für ein furchterregender Ort der kaiserliche Palast ist...
BEUG
Ich kann Euch daher nur eine sichere Heimreise wünschen.
DUNN
Bitte geht und vergesst diesen sündhaften Körper, junger Herr...
Suu...
TAPS
TAPS
TAPS

Du kleiner...! Du versuchst schon wieder, mir zu entwischen!
PACK
Argh! Das tut weh!
Ist es wegen ihm?
Ist es wegen diesem pöbelhaften Sklaven-kämpfer?! Der ist doch mit dir zusammen verschwunden!
Du weißt ganz genau, wen ich meine!
Ich weiß nicht, von wem Ihr sprecht! Lasst mich los!
Ist dieser Kerl etwa auch im Palast?! Du würdest dich doch niemals freiwillig von ihm trennen!

Du hast auch früher schon diese kleinen Spielchen gespielt, um meine Aufmerksamkeit zu bekommen.
Oh Mann, der Kerl ist total hinüber...
Ich verstehe dich ja.
STREIF
Ich weiß, dass du das nicht ernst meinst. Du hast mich doch auch heute wieder aufgesucht, indem du es wie einen Zufall hast aussehen lassen...
PACK
Ich kann dich nicht zu meinem offiziellen Gefährten machen, aber ich werde tun, was ich kann.
Ich bin schließlich auch nicht dein Erster, also ist das nur gerecht.
Argh...! Wartet, seid Ihr irre?! Was glaubt Ihr denn, wo wir hier sind?!

Urgh!
Da fällt mir ein, dass er die ganze Zeit schon eine leichte Fahne hat.
PRESS
RUMS
Argh... Verdammt...
Das hat ganz schön lange gedauert.
Hier kommt kein Mensch her, also kannst du ruhig laut sein.
EISKALT

Hmpf...
RASCHEL
Der ist ja echt miserabel...
Haah, dieser Sklavenkämpfer scheint ja ein nettes Kerlchen zu sein, dass er weiterhin bei dir bleibt.
Ein guter Freund meines Vaters, General Lee, hat dem Sklaven die Freiheit versprochen...
... wenn er seine Kampfkunst auf dem Schlachtfeld für ihn einsetzen würde.
Aber du musstest ja meinen Vater so lange weich-reden, bis die Sache vom Tisch war.
Besteigt er dich trotzdem noch, obwohl er das weiß?

Er besteigt mich eben deshalb, weil er keine Ahnung davon hat.
Jetzt hört aber bitte mal damit auf, auf Nadan eifersüchtig zu sein. Das ist erniedrigend. Ist es denn Nadans Schuld, dass Ihr nicht zum Soldaten werden konntet?
Dabei seid Ihr doch derjenige, dessen Körper keine richtige Manneskraft besitzt…
Ich bin dir gefolgt, weil du so schwach auf die Welt gekommen bist und habe dich verhätschelt, aber du kommst mir dann so…
TSCHACK
KLATSCH
BÄMM
BATSCH

Haah...
Ich umsorge dich so sehr und zum Dank zerreißt du dir dein freches Maul über mich?!
Ich hätte auf meine Mutter hören sollen, als sie meinte, ich solle mich von dir fernhalten!
KRAM
Nun gut, ich werde dir hier und jetzt eine Lektion erteilen, die dir deine dreisten Flausen austreiben wird!
TSCHACK

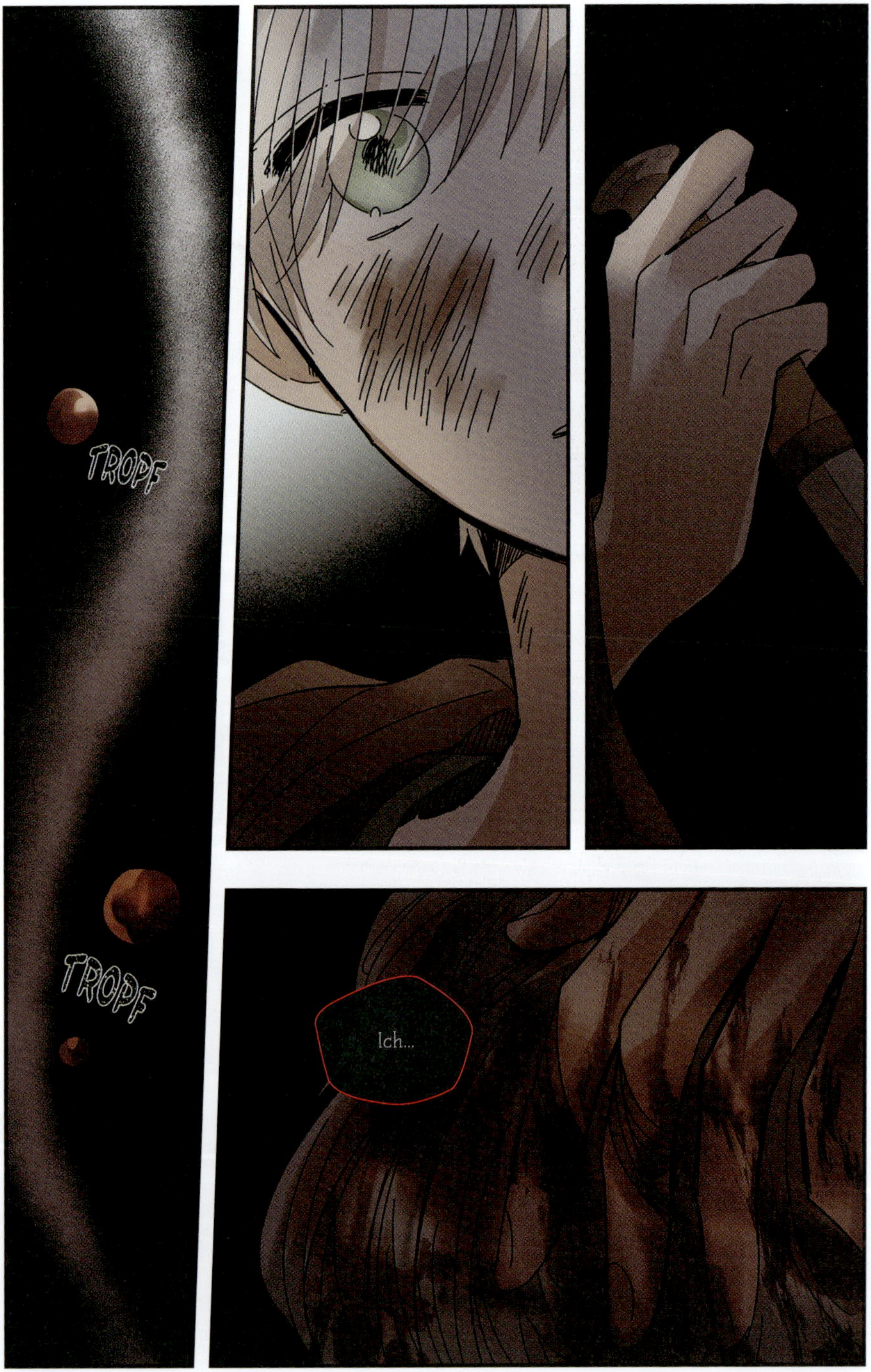
TROPF
TROPF
Ich…

... weiß echt nicht, warum du dir das gefallen lässt...

Suu, magst du diesen Bastard etwa?

Er ist spät dran...
TIPP
TIPP

Aber wie...?
Woher kennt Ihr meinen Namen...?

Wie...
Wie konnte er nur mit seinen bloßen Händen einen Schädel zertrümmern?
ZERMATSCHT
...
Bitte...
Bitte lasst mich am Leben.

TAPS
Ich... Ich habe nichts gesehen... Ich werde auch niemandem davon erzählen...
Bitte lasst mich nur dieses eine Mal gehen...
Ich bin mit einem Auftrag hierher geschickt worden, also wenn ich hier sterbe, wird das nur Probleme verursachen...
GREIF
Wo willst du denn hin?

Hinter dir ist nur eine Wand, also wohin des Weges?
Waah!
ZACK
Und was faselst du da überhaupt? Warum sollte ich dich umbringen?
Selbst wenn ich dich jeden Tag umsorge, würde das doch nicht genügen.
Dieser Kerl...
S...Seid Ihr es etwa, Prinz Sahara...?
Ich habe ihn eindeutig schon mal irgendwo gesehen...

Oder nein... War es wirklich nur einmal? War das etwa nicht nur ein Traum?
Wie...
Wichtiger ist jetzt erst mal...
Was denkst du dir nur dabei, in so einer Situation mit seinem Duft an dir klebend zu kommen?
Warum hast du dich nicht anständig ge-wehrt?
Wie weit wärst du mit ihm gegangen, wenn ich ihn nicht aufgehal-ten hätte?

PRESS
Haah... S...
Wie nervig. Wegen dem Mistkerl glüht dein ganzes Gesicht.
Das ist doch nur, weil ich verprügelt...
Ack...! Moment, was machst du denn da?!

Hngh...
LECK
Urgh...!
LECK
Dein Blut ist zu schade, um so verschwendet zu werden, Suu...
Lasst das... Das tut weh!

Er...
Er leckt mich ab...!
SCHMATZ
Ihr... Ihr sollt das lassen! Das brennt!
Ihr seid doch kein Hund!
SCHIEB
Ein Hund?
STREICH
Aber dir gefällt so was doch.
ZUCK
!!!
Warum lehnst du nur mich jedes Mal ab?
Dabei lechzt du total danach, wenn Suryeon es mit dir tut.

Wartet... M...Moment, argh!
RUMS
Du bewegst dich doch hier.
Hör auf, so zu strampeln.
Nehmt Eure Finger von mir!!
RUMS WUMS
...
Wieso...
HAAH
HAAH
Du fragst wieso?
STREICH

Weil diese Art der Nahrungsaufnahme effizienter ist...?
Wein doch nicht, Suu. Es ist zu schade um deine Tränen.
SCHMATZ
Urgh...
Aber zumindest wirst du nicht mehr direkt ohnmächtig wie zuvor, nicht wahr?
Für einen normalen Menschen schlägst du dich ziemlich gut.

Was bist du?
PACK
Was ist mit dem jungen Prinzen geschehen?
Ich wurde geboren…
… um über Rahans Himmel zu herrschen.
Aber ich bin unvollständig, daher gibt es noch keine Identität, die ich dir offenbaren kann.
Unvollständig…?

Ein Fluch hat das Blut der kaiserlichen Familie in tödliches Gift verwandelt. Ich brauche dieses Blut zum Überleben, kann es jedoch nicht direkt trinken.
LECK
Deshalb benötige ich einen Zwischenmann, der das Blut an mich weitergeben kann. Ich brauche ein zweites Ich...
Also, Suu, vereine dich so schnell wie möglich mit mir.

Kapitel 29

Was soll das heißen…?
Vereinen…?
Das heißt, dass ich dir einen Teil meiner Macht einflöße.

Suu, ich werde dich an einen hohen Ort bringen.
Aber keine Sorge, Suu.
Suryeons Existenz nervt mich zwar, aber da kann man nichts machen.
Solange Rahan ihn gewählt hat, muss ich mich damit abfinden, gemeinsam mit ihm zu koexistieren.
Was ich will, ist letztendlich auch in Suryeons Sinne.
Wovon…

... redet der Kerl hier die ganze Zeit bloß?
Na ja, das Gleiche gilt natürlich auch umgekehrt.
Geh...
Geh runter von mir!
Wir sind hier doch nicht im Irrenhaus, also was soll dieses Gefasel?
DRÜCK
Red keinen Stuss... Mein Leben ist gerade schon mies genug, da brauche ich das nicht auch noch!
Warum... bin ich noch mal hier?

Ach ja, das Buch…
WISCH
WISCH
Ich…
Lord Jin hat mir aufgetragen, das Buch zu holen…
… habe Durst…
Das lila Buch ganz oben auf dem Regal…

Ich kann die Einbände nicht sehen...
SCHWUPP
Ich hebe dich hoch.
W...Was soll denn das?! Lass mich runter, du Spinner!!
Aber du bist doch so klein, weshalb spinne ich denn da?
Wer hat denn bitte um deine Hilfe gebeten?!
Lass los!!! Du sollst deine Griffel von mir lassen!
Du hättest in dieser Zeit schon längst das Ding da runterholen können, anstatt hier rumzukeifen.
Egal, ich glaube, ich weiß, was du suchst.
FLAPP

Mal sehen...
KLAMMER
GREIF
Argh! Du quetscht mir gleich den Darm raus!
Ups, tut mir leid.
Hier ist es.
Das ist das einzige Buch hier, das Suryeon interessieren könnte.
Das hat die verstorbene Hohepriesterin geschrieben.
Soll ich es dir vorlesen?

Nein! Finger weg!
BATSCH
Au...
Suu! Wo gehst du denn hin?!
STÜRM
Argh, also echt.
Suu, bleib stehen.
STOPP
!

Mein Körper reagiert von allein...
Komm jetzt langsam...
... wieder zurück...
... zu mir.
Komm noch näher.
KNARZ

Er bewegt sich gegen meinen Willen...

Verweigere dich mir nicht dauernd, Suu.
Das bringt mich echt auf die Palme.

Ich habe Angst...
Du hast Angst?
WUSCH
Argh, Suu, du fällst noch runter...!

RUMS
Suu!!!

KLAMMER
Bitte...
... sag doch vorher Bescheid, wenn du springst...
Auch wenn ich mich jetzt krankschreiben lassen kann...
Das war aber ein guter Fang.
...
Lord... Baekah...
Alles in Ordnung? Lord Jin hat uns geschickt, um nach dir zu sehen.
B...Bitte...

... bringt mich zu Lord Jin... Schnell...
ZITTER
...
Wir...
... könnten ein Problem haben.
Das Gleiche wollte ich gerade sagen.

PLUMPS
Er scheint zwischendurch ohnmächtig geworden zu sein.
Er hat mehr Mumm als erwartet.
Er hat Fieber und weist wie zuvor schon die gleichen Symptome einer Vergiftung auf.
... sollte mittlerweile benachrichtigt worden sein.
Was ist bloß passiert?

Im Moment bleibt keine andere Erklärung, als...
Als ich dort raufgegangen bin... bereits eine Leiche...
Lass uns draußen weiterreden.
... kann nicht sofort kommen, daher sollten wir erst mal einen Priester und Diener mit... beauftragen.
SCHIEB

RUCK
Sind sie weg?
Mir platzt gleich der Schädel... Und mir ist schlecht.
ZITTER
ZITTER
Mein Körper hört gar nicht auf zu zittern.

Was in aller Welt war das nur?
Dieser Kerl... Ich bin mir sicher, dass ich ihn schon einmal gesehen habe.
Auch als ich geschlafen habe und das Gefühl hatte, der Prinz würde an meiner Seite sein...
War das das erste Mal?
Nein, schon davor...

Davor...
Genau, an jenem Tag...!!!
Du Idiot, warum fällt dir das jetzt erst wieder ein?!

Meine Erinnerungen...
Da fällt mir ein, dass ich, seit ich hier bin, immer wieder...
... Dinge nicht einfach vergesse, sondern es eher ist, als ob ganze Erinnerungen einfach komplett ausgelöscht werden...
RUCK
Oh Gott, bin ich etwa schon wieder eingeschlafen?!
Erinnerst du dich nicht?

Nachdem ich aufgewacht bin, hatte ich keinerlei Erinnerungen an die Zeit, bevor ich eingeschlafen bin.
Du bist seit meiner Ankunft hier so blass.
Immer, wenn ich die Augen aufmachte...

... war
er da.
Wieso?

Und was soll das heißen, dass Rahan ihn gewählt hat?
Suryeons Existenz nervt mich zwar, aber da kann man nichts machen.
Solange Rahan ihn gewählt hat, muss ich mich damit abfinden, gemeinsam mit ihm zu koexistieren.
Doch nicht etwa...?
Hahahahahaha!
Hat Lady So etwa deshalb so gelacht, weil...

Ich habe mir Regen für Rahan gewünscht.
Oh... In solchen Momenten zeigt Ihr Euch plötzlich patriotisch?
Das ist ja wirklich langweilig. Habt Ihr denn keine Wünsche für Euch selbst?
Das ist ein Wunsch für mich.

Hahahahahahaha!
Ach ja, das Buch...
Das ist in der heiligen Schrift geschrieben...

Eure Ho... Ich meine, seid gegrüßt.
Ist er da drinnen?
Ja, Eure... ich mein, jawohl.
Wie geht es ihm?
Er soll Symptome einer Vergiftung zeigen. Es ist nichts Ernstes, aber das Fieber geht nicht runter und er hat die ganze Nacht über Unsinn geredet, bevor er endlich eingeschlafen ist.
Dass er sich zwei Tage lang dauernd übergeben hat, hat auch an seinen Kräften gezerrt.
Lady Hojeong hat mich gebeten, Eurer Hoh... Euch auszurichten, dass...
Ich habe es bereits grob gehört. Du nervst, also zieh dich zurück.
Jawohl...

Suu...
Wie geht es dir?
Ich habe gehört, dass du nach mir gerufen hast, aber ich konnte nicht direkt zu dir kommen.
Dafür habe ich einen Priester hergeschickt...
SETZ

… allerdings scheint er recht unfähig zu sein.
Suu, willst du mich weiterhin nicht ansehen?
Suu…

Du solltest wenigstens beim Gedanken an deinen Geliebten im Kerker zu Kräften kommen.
Es gibt keine Garantie, dass seine Arme intakt bleiben wer-den, nachdem er seine Beine schon nicht mehr benutzen kann.
WÄLZ

Bitte verzeiht, aufgrund des Fiebers höre ich nur schlecht.
Ich wusste nicht, dass Ihr hier seid... Mir geht es nicht sonderlich gut...
Mistkerl.
Das verstehe ich, wenn du krank bist.

DRÜCK
Du zitterst ja am ganzen Leib.
Ist dir kalt?
Ich messe noch mal dein Fieber.
STUPS

Du scheinst kein allzu hohes Fieber zu haben.
Weshalb hast du es abgelehnt, vom Priester geheilt zu werden?
Ich habe nur exzellente und ausgesuchte Priester rübergeschickt.
Befürchtest du, dass du wieder dein Gedächtnis verlierst?

Ich habe halbwegs gehört, was in der Nacht vorgefallen ist.
Es werden sich die letzten zwei Tage einige Fragen in dir auf-gestaut haben.
Ich werde alle beantworten, so-fern es in meiner Macht steht.
Warum...
Kann es sein...

... denkt er, dass ich ihm gebe, was er will?
... dass Lady Yeonghwa meinetwegen verärgert ist?
Letzte Nacht... schien sie ziemlich besorgt gewesen zu sein, dass ich Euch gegenüber respektlos sein könnte.
Könntet Ihr das bitte für mich klären?
Wie könnte ich, ein niederer Diener, es nur wagen, Euch, so einen hochwürdigen Adligen, in Bettgeflüster zu verwickeln?

Obwohl ich natürlich solch einer Gelegenheit nicht abgeneigt wäre...
HEB
Ha...
Hihihihi...
Urkomisch, was?
WIPP
WIPP
Suu, du bist doch echt...
... so unvorhersehbar, dass es wirklich amüsant ist.
Dann...

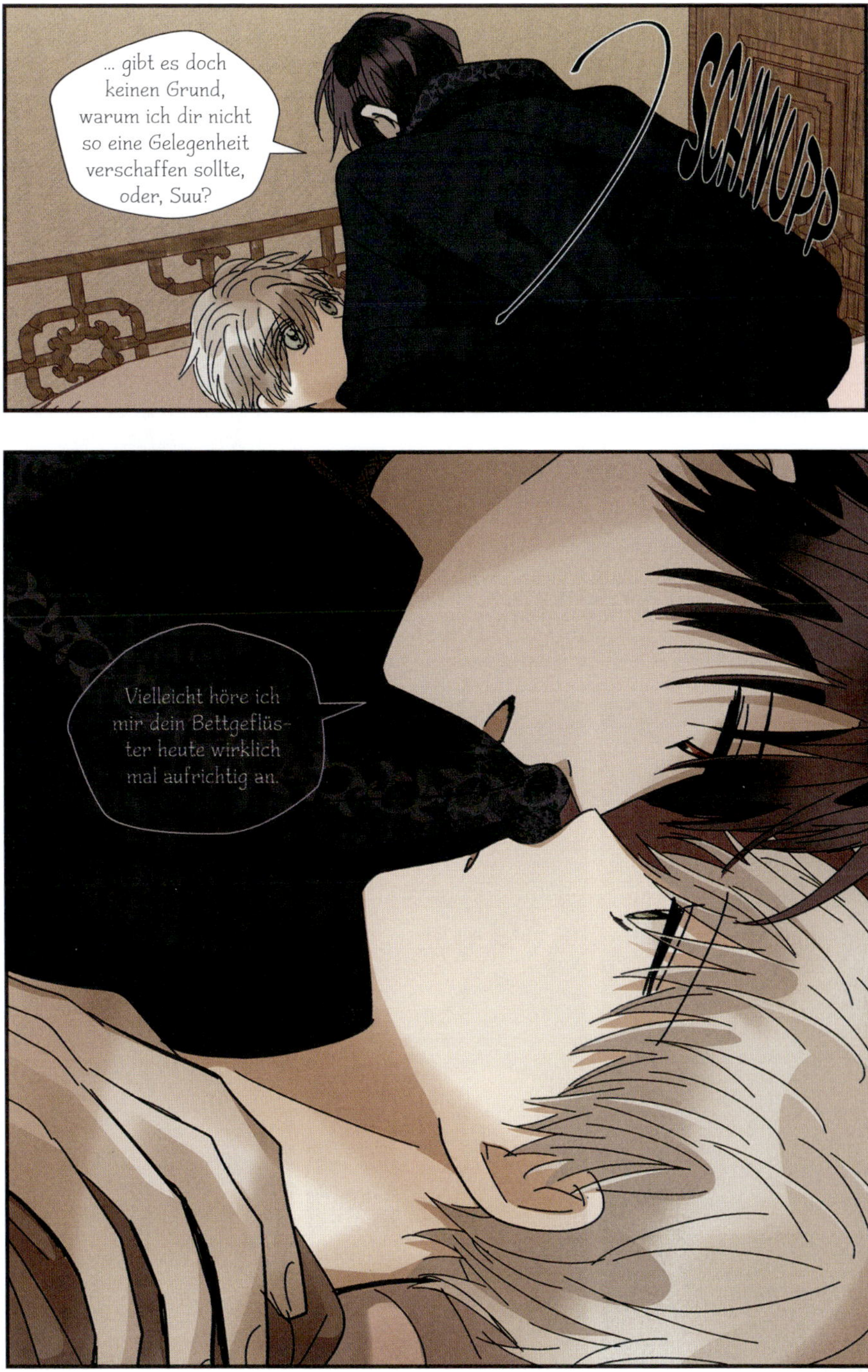
... gibt es doch keinen Grund, warum ich dir nicht so eine Gelegenheit verschaffen sollte, oder, Suu?
SCHWUPP
Vielleicht höre ich mir dein Bettgeflüster heute wirklich mal aufrichtig an.

Bereitet es Euch solche Freude...
... einen niederen Burschen wie mich so zu testen?
Hmm... Du ruinierst hier die Stimmung.
Jetzt geh doch bitte einfach...
Den Gegenstand, um den Ihr mich gebeten habt, habe ich unter meinen Kleidern im Schrank versteckt. Bitte nehmt ihn Euch.

ZACK
Nun gut, da es dir nicht wohlergeht, werde ich mich heute auch früh mit dir zur Ruhe legen.
W...Was macht Ihr denn da?!
Es ist schon spät, daher werde ich heute hier schlafen.
Was?!
DRÜCK
SCHIEB
Du hast doch im Moment hohes Fieber. Ich habe eine recht niedrige Körpertemperatur, daher sollte ich dir behilflich sein können.
Rutsch mal rüber.
Ihr habt doch gerade noch gesagt, dass ich gar nicht so hohes Fieber hätte! Das ist also nicht nötig!
Manchmal... erinnerst du mich an mein früheres Ich.
Ich war auch äußerst gut darin, mich dummzustellen... Das konnte man fast schon als Talent bezeichnen.
IGNO
RIER

Deshalb bin ich manchmal von deiner Art mir gegenüber genervt...
... aber auf der anderen Seite finde ich es auch wirklich köstlich.
Mach dir keinen Kopf wegen dem, was Yeonghwa gesagt hat.
Sie ist nicht aufgebracht deinetwegen. Sie behandelt jeden auf diese Art.
Als ich sie das erste Mal gesehen habe, hat ihr Lehrmeister ihr gesagt, dass sie mir gegenüber Respekt und Höflichkeit zeigen solle, weil ich von höherem Rang war.
Sie ist so ausgeflippt, dass sie ihr Geschirr vom Tisch gefegt hat und davongestürmt ist.

Ihr lügt doch.
Das ist mein voller Ernst.
Sie hat ein feuriges Temperament, aber ist trotzdem vertrauenswürdig.
Was diesen Nadan betrifft...
Haltet doch bitte etwas Abstand, während Ihr redet...!
SCHMUS
Darf ich dich dann jetzt etwas fragen?
Ist das alles, was du wissen wolltest? Gibt es nichts Weiteres?
Ich bin überrascht, wie lange er überlebt hat.
Da sein Vater des Hochverrats angeklagt wurde, worauf die Vernichtung der nächsten neun Generationen steht, werden einige seiner Verwandte immer noch verfolgt.

Kann es sein, dass ein paar Morde, die du in Guiju begangen hast, damit zusammenhängen?
POCH
Aber was mich noch mehr interessieren würde, ist…
… was für Arbeit du für diese Adelsfamilie in Guiju verrichtet hast.
Für ein einfaches nächtliches Spielzeug wurdest du in deinem jungen Alter für einen ziemlich hohen Preis verkauft.
Suu.

Wenn du schon ein Messer zücken willst, dann hättest du nicht so lange zögern sollen.
PACK
Du darfst dir deine Mordlust nicht so leicht ansehen lassen.
Ich habe dir das nicht gegeben, um es gegen mich einzusetzen.

Mordlust? Wie könnte ich es wagen, Euch gegenüber solche Gedanken zu hegen?
Ich weiß zwar nicht, weshalb Ihr in meiner Vergangenheit kramt...
... aber zu der Zeit waren fremdländische Sklaven eine Modeerscheinung in Guiju.
Ich war gesünder als die anderen Sklaven bei der Auktion.
Dazu war ich jung und sauber, weshalb es einen Bieterwettkampf gab, der mir eine schöne Summe eingebracht hat.
Ihr habt ja Eure Nachforschungen betrieben, also solltet Ihr bereits wissen, dass mein Verkaufspreis im Vergleich zu anderen fremdländischen Sklaven nicht sonderlich hoch war.
Und wie kommt Ihr denn bitte auf Mord? Habt Ihr irgendwelche Beweise, auf die Ihr diese Anklage stützt?

Ich war nur ein jämmerlicher Sklave, der seinem Herrn in der Nacht gedient hat.
Bitte verzeiht, dass ich Euch nicht die ganze schmutzige Wahrheit gesagt habe, da ich sie unangebracht für Eure feinen Ohren fand.
Ich habe mich in dem Versuch, meine Vergangenheit zu verges-sen, da ich nun einen neuen Status erreicht habe, fehl-verhalten und nehme jede Strafe dafür an.
Und was Nadan betrifft... Wir sind nur Freunde, die sich auf-einander verlassen haben, weil wir in der gleichen düsteren Situation festsaßen.

Ich dachte mir doch, dass irgendwas nicht stimmte.
Du hattest einen guten Ruf bei allen Arbeitern im Harem.
Alle meinten, dass du besonders hart arbeitest und mehr Aufgaben als andere übernimmst.
Seit du in den Palast gekommen bist, hast du ihn selbst an deinen freien Tagen nie verlassen.
Dabei hast du sogar anderen bei ihrer Arbeit geholfen, obwohl du doch frei hattest.
Außerdem verlassen die meisten Sklaven die Stadt, sobald sie frei sind und einen höheren Status erreicht haben.
Du jedoch bist schon mehrere Jahre geblieben und sparst fleißig Geld an.
Du hast so vernarrt Geld angespart, aber es wurde einfach nicht er-sichtlich wofür. Das hat mich echt genervt.

Ich könnte mir denken, dass du beabsichtigt hast...
... so einen einwandfreien Ruf aufzubauen, dass du problemlos bis zur Landesgrenze kommen würdest.
Der Versuch, solch eine Person hier im Palast zu verstecken, ist ganz schön mutig von dir.
Na ja, der Apfel fällt wohl nicht weit vom Stamm.
Letztendlich ist er genau für das gleiche Verbrechen im Kerker gelandet. Das muss wohl Schicksal sein.
Nadan...
... hat nichts mit diesem Hause zu tun. Er wurde weder als Erbe angesehen noch wurde er als Sohn anerkannt, da seine Mutter eine Sklavin war.
Ihm wurde kein Name gegeben und er wuchs nicht im Haupthaus auf. Er schlief im Anbau mit den anderen Sklaven, trug unsere Kleidung und arbeitete sogar mit uns!

Er hat seinen Vater ja nicht einmal richtig kennen-gelernt!
Und als diese Familie abgestürzt ist, war er gerade mal sechs Jahre alt...
Suu.
Als die Pao-Familie im Namen des Kaisers ver-urteilt wurde, war das jüngste Kind ein vier Mo-nate alter Fötus im Leibe seiner zweiten Frau.
Denkst du, dass dieses Kind getötet wurde, weil es solch eine enge Verbindung zur Pao-Familie hatte?
Gegen einen kaiserlichen Befehl anzugehen, ist an sich schon Hoch-verrat.
Was kann man schon dagegen tun? Seine Schuld liegt in seinem Blut.

Wenn das so ist…
… dann dürfte auch der Kronprinz nicht weiter am Leben sein.
Die Gerüchte besagen, dass der Kaiser den aktuellen Kronprinzen loswerden möchte. Das ist bereits weit über die Stadtmauern hinaus bekannt.
Da er das Blut des Kaisers in sich trägt, sollte es dann als Untertan des Kaisers nicht seine Pflicht sein zu sterben?
Ganz wie Ihr es gerade gesagt…
KLATSCH

Dachtest du etwa, dass du so ein loses Mundwerk an den Tag legen könntest...
... ohne Konsequenzen von mir zu erwarten?

Das…
… ist die Strafe für deine unverschämte Aussage, dass Seine Majestät gegen sein eigen Fleisch und Blut vorgehen würde.
Auch wenn dieser Nadan ein Verbrecher ist, werde ich ihn nicht sofort töten.
Denn ich möchte auch weiterhin so weit wie möglich eine gute Beziehung zu dir aufrechterhalten.
Abhängig von deinem Verhalten… werde ich ihn vielleicht sogar begnadigen.
Ihr wollt… Nadan begnadigen?
Natürlich nur, wenn gewisse Bedingungen erfüllt werden.

Ich würde gerne um deine aufrichtige Mitarbeit bitten, bis Prinz Sahara komplett erwachsen ist.
Du bist ja ein schlaues Bürschchen, also solltest du schon mitbekommen haben, was für eine wichtige Rolle er spielt.
Bitte bleib wie jetzt auch an seiner Seite, so lange er es möchte.
Sobald die ganze Sache heil überstanden ist, werde ich dafür sorgen, dass du und der Verbrecher in Freiheit leben könnt.
Wenn du willst, kann ich euch beiden sogar neue Identitäten verschaffen.
Natürlich... könnte ich dich auch einfach dazu zwingen.
Allerdings möchte ich dich lieber darum bitten, da es sonst eine negative Auswirkung auf die Entwicklung dieses dummen Wesens haben könnte.

Er hat aber gesagt, dass er sich mit mir vereinen müsste, um sich weiterzuentwickeln...
WUMM
Schon wieder.
Mich überkommt plötzlich so ein Durst.
Mein Mund ist staubtrocken...
POCH
Haah...
Suu?
POCH
Ich muss diesen Durst löschen.
POCH
Wieso...
Verzeiht, mein Herr. Mir ist plötzlich so schwindelig.
Suu, mir macht das nichts aus...
... wenn du diesen Körper willst, kannst du ihn dir einfach nehmen.

Khoff...
ZUCK
Nicht... würgen... urgh!
Du presst deine Lippen zu sehr zusammen.
Hargh...!
Haah...
KEUCH
Ich...

... hasse Euch wirklich.
Es wird regnen...

Kapitel 30

Geh einfach zurück und fleh die Dame des Hauses auf Knien an.
Du wirst eine Woche lang hungern und im Keller verweilen sowie das Kind aufgeben müssen...
... aber das ist immer noch besser als der Tod, oder nicht?
Unser Herr wird vielleicht sogar Mitleid mit dir haben, wenn er zurückkehrt. Das könnte sich positiv auf dich auswirken.
Der alte Herr hat doch ein weiches Herz. Er gibt dir vielleicht sogar ein paar Goldmünzen dafür...

Sobald du wieder wohlauf bist, könnte er dich auch zu Verwandten schicken, damit du dich dort verstecken kannst.
Und vielleicht findet er dort auch einen netten Diener, den du heiraten kannst.
Dort kannst du dann weiter arbeiten wie jetzt und essen, was dir gegeben wird. Das Leben geht also weiter.
Auch wenn du das jetzt nicht glauben magst, es ist so.
Ich...
... kann dieses Kind auf keinen Fall aufgeben.

Unser Herr wird nicht...
Das hat nichts mit diesem Kerl zu tun!
Niemals.
Das Kind gehört mir.
Es gehört mir allein.
Und ich werde es niemand anderem geben.
Wenigstens das lasse ich mir von niemandem nehmen...

Mein erster Lohn in Rahan...
... war ein kleines bisschen Zucker.
Und auch das war komplett verschwunden, als ich am nächsten Tag aufgewacht bin.
Nadan hat mir bei der Suche danach geholfen, aber wir konnten es nirgends finden.
Ich fand das so ungerecht, dass ich einen halben Tag lang geweint habe.
Wein doch nicht, Suu. Ich habe doch ganz viel davon...
Meinen zweiten Lohn wollte ich dann an einem geheimen Ort verstecken, jedoch wurde ich dabei von einem alten Diener entdeckt...
Und er hat es mir einfach entrissen.
Nadan hat das mitbekommen und wollte mir meinen Lohn zurückholen.
Tut mir leid, Suu...
BE SORGT
Allerdings war Nadan damals genauso jung und schwach wie ich.

Mein dritter Lohn wurde mir ebenfalls weggenommen, allerdings habe ich Nadan nichts davon erzählt.
Als ich meinen vierten Lohn erhalten habe …
… habe ich ihn dem alten Diener wortlos überlassen.
Dann bin ich zurück in den Garten gegangen und habe mir mit einem Stein zwei Finger der rechten Hand gebrochen.
Zu der Zeit hatte ich mich schon komplett in die Arbeit im Nebengebäude eingewöhnt …
… und konnte auch schon alltägliche Gespräche in der rahanischen Sprache verstehen.
Es war also eine große Sache, dass meine Finger verletzt waren und ich nicht mal einen Besen halten konnte.
Unser Herr hat den alten Diener zwei Stunden lang mitten im Winter draußen in der bitteren Kälte knien lassen.

Kurz darauf ist er an einer Lungenentzündung gestorben.
Er war absoluter Abschaum, aber trotzdem trauerten viele um ihn, da er schon seit Ewigkeiten in diesem Anwesen gearbeitet hatte.
Auch Nadan war einer von ihnen.
Nadan so traurig zu sehen, hatte auch mich etwas traurig gemacht…
Aber na ja.
Am Tag, nach dem der Alte mir meinen dritten Lohn weggenommen hatte…
… hat er mir mein Beutelchen zurückgegeben.

Ich dachte natürlich, es wäre leer, aber es ist mit einem lauten Klonk auf den Boden gefallen.
Hier hast du deinen Lohn zurück.
Anstelle von Geld war der Beutel jedoch voller Schlamm.
TROPF
TROPF
Ich konnte den Beutel überall liegen lassen und keiner würde ihn an sich reißen.
Einmal hat ihn mir jemand vom Gürtel geschnappt...
... aber nachdem derjenige einen Blick hineingeworfen hat, hat er ihn direkt wieder zurückgeschmissen.
Somit gehörte wenigstens der Beutel für immer mir.
FUMMEL
FUMMEL

Ich konnte nur das besitzen, was niemand anderes haben wollte.
Etwas, das mir niemand stehlen würde...
Deshalb...
... war ich etwas erleichtert, als ich zufällig von Nadans wahrer Identität erfahren habe.
Vielleicht hat Nadan mich nicht mehr wie zuvor behandelt...
KUSCHEL
... weil er irgendwann rausgefunden hatte, was ich für ihn empfand.

Langhwa hat mit ihrem Leben auch das ihres Kindes beendet.
Auch diesmal hat Nadan wieder getrauert…
… mich jedoch hat das unberührt gelassen.
Es gehört mir allein.
Und ich werde es niemand anderem geben.
Wenigstens das lasse ich mir von niemandem nehmen…

Es gehört mir allein...
Mir...
... allein.
Huch...?

Prinz Sahara?
Und auch Lord Jin...?
Was machen die denn alle hier?
Ist irgendwas passiert...?

Du hast mehrere Tage lang unter hohem Fieber gelitten, weshalb es zu Folgeerscheinungen kommen kann.
Es kann sein, dass du vorübergehend unter einer Beeinträchtigung deiner kognitiven Fähigkeiten und Gedächtnisverlust leidest...
... jedoch brauchst du dir keine Sorgen zu machen, da alles wieder normal werden sollte, sobald du vollständig geheilt bist.
Wie ich sehe, ist auch dein Energiefluss an manchen Stellen blockiert. Das kommt vermutlich von chronischer Wut.
Es gibt kein Heilmittel dafür, außer, dass du deinen Geist beruhigst.
Du kannst ab heute mit leichten Mahlzeiten wie Brei oder Tofu beginnen.
Ich werde auch noch ein Rezept ausstellen.
Danke, das genügt.
Hohes Fieber? Aber wie...?

Baekah, geleite den Heiler bitte hinaus.
Bitte folgt mir.
Jawohl.
Sogar ein Heiler ist extra gekommen...
Suu, erinnerst du dich denn nicht?
Du hast gaaanz viel Aua gehabt...
Du hast dau-ernd geschrien, dass dein Kopf wehtut.
Und auch geweint.

Ach wirklich?
Ja, Suryeon hat gesagt, dass du draußen eine böse Pflanze angefasst hast.
Eine Pflanze...?
Ich soll aus Versehen eine giftige Pflanze angefasst haben?
Ich erinnere mich definitiv daran, dass ich extreme Schmerzen gehabt habe...
Es scheint auch zu stimmen, dass ich wirklich über längere Zeit krank gewesen bin...
Fieber... Genau, mein Körper hat so geglüht, dass ich nicht schlafen konnte.
Ab und zu hat hat jemand eine kühle Hand auf meine Stirn gelegt und ich bin wieder eingeschlafen...

Moment... War das wirklich so?
Keine Ahnung, ich erinnere mich nicht richtig...
Wer war das?
ZACK

...
Oh...
Bitte verzeiht. Ich hatte mich nur erschreckt...
Ich bin froh, dass das Fieber wieder gesunken ist.
Danke, dass Ihr extra einen Heiler für mich gerufen habt.
Aber wie bin ich überhaupt...
Das würde ich gerne dich fragen.
Steh erst mal auf.
Du solltest etwas essen.

Was ist deine letzte Er- innerung?
Also... dass Ihr mir einen Auftrag gegeben habt...
Ihr meintet, dass Ihr wegen der anstehenden Festtage zu beschäftigt wärt und deshalb mich...
Oder nein, das war wei- ter davor...
Ich erinnere mich noch, was um das Jagdfest herum gesche- hen ist...
Aber ab dem Laternenfest sind meine Er- innerungen ganz schwammig...
Das ist eine Folge des hohen Fiebers, also sollte der Gedächtnisverlust nur vorübergehend sein.
Aber was die giftige Pflanze be- trifft... Habe ich vielleicht beim Jagdfest im Wald versehentlich solch eine Pflanze berührt?
Das ist gut möglich.
Ähm, mein Herr...

... habe ich Euch vielleicht beleidigt, während ich krank war?
Ihr scheint mir gegenüber erzürnt zu sein, seit ich erwacht bin. Ich bitte aufrichtig um Verzeihung, falls ich mich falsch verhalten habe.
Du musst dich nach frischer Luft sehnen, nachdem du so lange im Bett gelegen hast, nicht wahr?

Du bist zu einem pas-senden Moment aufgewacht.
Wie?
Suu, Suu!
Draußen regnet es!
Prinz Sahara...!

Rennt doch nicht so, der Boden ist rutschig!
Suu! Komm her!
Wenn du hierherkommst, zeige ich dir etwas Tolles!
Schau nur, was ich mache! Ja?!
Das sehe ich auch gut von hier aus.
A...Ach ja? Aber von hier siehst du es noch besser.
Mein Fieber hat sich gerade erst gelegt, wenn ich jetzt in den Regen rausgehe und wieder krank werde, würde ich damit nur Euch und Lord Jin zur Last fallen.
Ich schaue Euch von hier aus zu, also zeigt es mir nur.
Buu...

Okay, dann schau gut zu!
Ab jetzt wird ein heftiger Wind...
... wehen...
WUSCHHHHH
Eine Prophezeiung?!
WIRBEL
WIRBEL
PLUMPS
Eure Hoheit!
Ich glaube, ich spinne... Geht es Euch gut?!

Wo kam denn plötzlich dieser starke Wind...
Zeigt mir mal Euer Gesi...
DREH
Das hat mich voll er-schreckt.
Suu, du bist zu mir gekommen!
Pfft!

Hahaha, Ihr
habt ja einen
Bart!
Was?
Hehe!
Argh...
Ich kriege keine
Luft mehr!
Haltet still!
Ich muss Euch das
abwischen, damit Ihr
keinen Schlamm in die
Nase bekommt!
Ein
Glück, dass er
sich nicht er-
innert.

Es ist zwar nervig, aber wir haben mehr von einer freundschaftlichen Beziehung mit ihm.
Auch wenn seine enge Bindung zu dem Drachen unerwartet kommt.
Und diesen Sklavenkämpfer haben wir ja auch in der Hand.
Das könnte in einem langen Kampf enden, daher ist es am besten, wenn er mit uns kooperiert.
Das Einzige, was mich dabei stört...
... ist, wie weit diese Vereinigung gehen soll.
Die edle Konkubine wird schon bald ihr Kind gebähren. Wenn er sich also nicht bald weiterentwickelt, ist der Drache für uns nutzlos.
Er sollte dann einen Regensturm beschwören können statt dieser mickrigen paar Tröpfchen.
Ach ja, ich habe auch alles bis zur Blutlinie des Verräters rausfinden können.
Jedoch konnte ich absolut keine Spur von Suu finden, bevor er nach Jugang gekommen ist.
...
Sollen wir dann mal den Sklavenkämpfer foltern, um mehr zu erfahren?
Nein, ich glaube nicht, dass er mehr darüber weiß.

Aber vielleicht finden wir auch nur nichts, weil es, wie Suu sagt, nichts zu finden gibt.
Weshalb machst du dir solche Gedanken deswegen?
HATSCHI
Persönliche Neugier.
Aus persönlicher Neugier heraus? Oder...
Und weil ich das Gefühl habe, als würde ich etwas Wichtiges übersehen.

Regen...
Ob Nadan wohl auch den Regen hören kann?
Das ist doch wirklich seltsam.

Obwohl meine Erinnerungen so verschwommen sind ...
... kann ich mich noch gut an seinen vorwurfsvollen Blick erinnern.
Diesen Blick habe ich klar und deutlich vor mir.
Ich wünschte, diese Erinnerung wäre auch einfach mit dem Fieber weggewaschen worden.
Was denkst du gerade?
Warum habt Ihr denn keinen Schirm?! Hier, nehmt den und haltet ihn über Euch und Prinz Sahara.
Nein, danke.
Nö.
Die Hälfte des von den Priestern beschworenen Regens ist eh nur Illusion.
Du scheinst aber gerade ganz woanders zu sein.

Es ist nur so faszinierend, da ich noch nie von so weit oben den Regen betrachtet habe.
Aber die Regentropfen in der Kaiserstadt sind eindeutig kristallklar.
Suu, magst du es, wenn es regnet?
Hmm, an Regentagen gibt es immer mehr Arbeit, daher nicht wirk-lich...
Aber Regen an sich mag ich.
Denn der Regen gibt ein Gefühl der Gerechtigkeit.
Gerech-tigkeit?
Wenn es einmal regnet..
... dann regnet es auf alle gleich herab.
Und...
... ab heute weiß ich es auch zu schätzen...

... den Regen von so einem hohen Ort aus zu betrachten.
Ich habe wohl wirklich ein wenig frische Luft gebraucht. Danke, dass Ihr mich nach draußen geführt habt.
Und auch, dass Ihr einen Heiler für mich gerufen habt.
Es steht dir wirklich besser...

... wenn du lächelst. Wenn du dich so eisig benimmst... nun, dann bist du ziemlich eisig.
Stimmt... wenn du eisig bist, bist du ganz doll eisig.
W...Wann habe ich mich denn je Euch gegenüber eisig verhalten?!
Außerdem seid Ihr doch derjenige, Lord Jin, dem jeden Tag irgendwas nicht passt und der so ein Gesicht hier zieht.
Sofortige Ausdruckslosigkeit
SCHAUDER
Genau so guckt er immer!!
Manchmal macht Ihr mir echt Angst, wenn Ihr wieder in so einer Stimmung seid.
Ich bemühe mich aber wirklich.
Ist das da drüben der Ort, an dem du bisher gelebt hast?
Gibt es sehr viel im Harem zu tun, wenn es regnet?
Es regnet nicht oft, daher gibt es wirklich einiges, um das man sich kümmern muss.
Es gibt auch viele Ornamente, die Feuchtigkeit nicht vertragen... Oh, und dann auch die ganze Seide.

Man bewegt sich dort täglich auf dünnem Eis.
Aber man kann deren Territorialverhalten einfach ignorieren.
Dazu kommt noch, dass manche Pflanzen im Garten der Konkubinen durch den Regen herabfallen können.
Niedrige Diener wie ich müssen daher bis zum Ende des Regens einen Schirm über sie halten…
Haha, ich habe bereits gehört, dass die Hofleute im Harem recht beschützerisch sind, was ihr kleines Reich betrifft.
Die Hofdamen der Konkubinen sind äußerst streng.
Diejenigen, die mit ihren Herrinnen gemeinsam in den Palast gekommen sind, sind erstaunlich loyal.
Die Hofdamen, die neu in den Harem kommen, werden dafür als Kanonenfutter für die Machtkämpfe zwischen den Konkubinen genutzt, was oft mit ihrem Tod endet.
Ich habe gehört, dass vor meiner Zeit hier der Harem ein wahrer Ort des Schreckens gewesen sein soll, als die aktuelle edle Konkubine neu eingetoffen ist.
Als die edle Konkubine hier ankam, hatte sie es auch nicht gerade leicht.

Sie war die einzige neue Konkubine, die der Kaiser in seiner Verzweiflung nach dem Verlust des damaligen Kronprinzen Shinwoo in den Palast gebracht hat.
Soll ich dir mal was verraten?
In Rahans kaiserlichem Hof werden Namen, die mit Regen, Wolken oder dem Wald verbunden sind, als Glück verheißend angesehen.
Weil Wasser so wertvoll ist?
Vermutlich. Aber ist das nicht lächerlich?
Aber...
... dann ist Kronprinz Hwaryuns Name, der für das Wort Feuer steht, ja...

Oh... Nach dieser Anschauung habt Ihr ja auch einen wirklich guten Namen!
Suryeon steht doch für die Wasserlilie! Und die Blume ist so hübsch, dass es perfekt...
Äh, ich wollte damit nicht sagen, dass Ihr hübsch seid... Oder nein, das heißt natürlich nicht, dass Ihr hässlich wärt. Ihr seid eine wahre Schönheit!
Suryeon ist hässlich.
Hat Euer Vater Euch Euren Namen verliehen?
Er muss Euch wirklich sehr geliebt haben.

!!!
HAPS
Oh nein...
Haah...
Bitte verzeiht, mein Herr. Ihr habt mir eindeutig davon erzählt, aber mein Gedächtnis ist gerade in keinem guten Zustand, weshalb mir so ein Fehler unterlaufen ist...
Ich muss wirklich nicht bei rechtem Verstand sein. Dauernd sage ich unhöfliche Dinge zu Euch und dem Prinzen. Ich ziehe mich dann lieber mal zurück.
Wenn ich in diesem Zustand in den Harem zurückkehre, habe ich echt ein Problem, hahaha...
Zurück?
Suu, wo gehst du denn hin?

Ich ziehe mich in meine Kammer zurück und werde Euch von dort aus zusehen, also spielt schön weiter...
Nein, das nicht. Wo gehst du später hin?
Gehe ich da auch mit?
Ach, das...
Oh, verdammt.
Das ist wirklich erst gaaanz viel später.
Wenn Ihr fleißig esst und erwachsen werdet, mein Prinz, und heiratet und auf eigenen Füßen steht.
Nein!!!
Ich will nicht! Nein! Nein! Nein!!!
TSCHACK
BRÜLL
Suu, du darfst nicht gehen!!!
BRÜLL
Ich gehe doch jetzt nirgends hin...
Waah! Ihr könnt doch da nicht raufklettern, das ist gefährlich!

M...Mein Herr! Solltet Ihr ihn nicht aufhalten?!
Eure Hoheit, seid vorsichtig.
KRAB
BEL
Das klingt doch total halbherzig!
Auf keinen Fall kannst du gehen! Nur über meine Leiche!
Kommt da runter!! Wenn Ihr wie vorhin wieder vom Wind erwischt werdet, dann...!
Das erlaube ich niemals.
!

Prinz Sahara, kommt sofort da runter!
WUSCH
Suu! Komm ihm nicht zu nahe.
Mein Herr?! Weshalb halte tet Ihr mich denn a...
KLAMMER

WÄMM
Ein Blitz…
!!!
!!!
~!!!
… im Palast…?!

Kapitel 31

Lady So.
Der Blitz hat in Hyeonbis Garten eingeschlagen.
Zum Glück hat es nur die Dienerunterkunft erwischt. Es wurden keine Konkubinen verletzt. Nur Cheongbin, die sich im Ostflügel aufhält, ist vor Schreck in Ohnmacht gefallen.
Ach, diese Cheongbin schon wieder… Wie hat sie nur einen Prinzen auf die Welt gebracht, wenn sie doch so schwache Nerven hat?
Schick den kaiserlichen Heiler rüber.
Und besuche Hyeonbi selbst in meinem Namen, Aran, sie hat sich sicherlich auch sehr erschreckt.
Jawohl, Lady So.
Seine Majestät weilt immer noch im Traumland…
Da der Blitz im Harem eingeschlagen hat, könnte das noch zu einer internen Angelegenheit werden.

Es trifft sich gut, dass wir nun einen Grund bekommen haben, um den kaiserlichen Schrein zu untersuchen, der bis jetzt ja unberührbar war.
Dass die es gewagt haben, nur am Schrein Regen fallen zu lassen und dabei einen Blitz in den Harem zu schicken.
Lady So, ein Blitz...
... liegt nicht im Fähigkeitsbereich eines Priesters.
Selbst wenn es so einen Zauber geben würde, würde das große Mühen mit sich bringen...
Es ist zwar schwer zu sagen, was im Kopf des Kronprinzen vor sich geht, aber könnte er wirklich so eine offensichtliche Tat begangen haben?
Das glaube ich kaum. Solange er kein absoluter Dummkopf ist, würde er nicht die Aufmerksamkeit mit solch einer Naturkatastrophe auf sich ziehen.
Vor allem, da seine politische Unterstützung hauptsächlich von der verstorbenen Hohepriesterin aufgebaut war.
Eine Schande des Schreins wird zur Schande des Kronprinzen.

Alle Bürger der Stadt werden Wind davon bekommen, dass ein Blitz im Harem eingeschlagen hat.
Könnte es vielleicht sein, dass dahinter eine Falle steckt, die Euch und das Kind in Eurem Leib Unheil zugeschrieben...
Nein, das glaube ich nicht. Das könnte genauso gut einen Rückschlag einbringen.
...
Irgendwas heckt er gerade aus...
Vielleicht hat er selbst die Kontrolle darüber verloren?

D...Der Blitz ist dort Rich-tung Harem...
Oh.
Das ist sein Blick...
... wenn er wirklich wütend ist.

SSSK
Es sieht dabei aus, als wäre er tief in sich selbst versunken.
Alles in Ordnung?

Suu, hast du das gesehen?!
Hast du gerade dieses Bämm gesehen?!
Ja, das habe ich! Und wir können heilfroh sein, dass Ihr vor Schreck nicht runtergefallen seid!
Das war total lustig, nicht wahr?! Voll toll!
Es soll noch mal Bämm...
BATSCH
Aua! Spinnst du?!
Yeonghwa!
Ja, zu Befehl.

Suu,
ich werde mich um Prinz Sahara kümmern, also geh du mit Yeonghwa schon mal rein.
Oh, aber...
Suu.
PACK
Es wäre besser, wenn wir jetzt gehen.
SCHIEL
Suu.

Wie geht es dir?
Ich bringe dir einen Kräutersud von Lady Yeonghwa.
Mir geht es gut...
Brr, wie bitter!
BÄÄH
URGH
Trink das, es wird dir guttun.
Hast du den Blitz auch gesehen? Was ist hier los?
Hat einer der Priester etwa einen Fehler gemacht?
Ich weiß auch nichts Genaueres...
Aber das war eindeutig nicht geplant.
Ich habe Mistress Yeon zum ersten Mal so eilig davonstürmen sehen.
Aber wenn es ein Fehler war, droht dann nicht die Todesstrafe? Es sieht so aus, als hätte der Blitz im Harem eingeschlagen.
Ich habe von Blitzen bisher nur gehört, aber noch nie einen in echt gesehen. Das war irgendwie...

... wunderschön.
Allerdings wird das kein gutes Licht auf den Kronprinzen werfen, oder?
Der Priester, der es heute hat regnen lassen, wird sich nicht aus der Verantwortung ziehen können.
Ich hoffe, dass nicht noch mehr Leute deswegen bestraft werden...
Wenn der Kronprinz seinen Anspruch auf den Thron verliert...
KLACK
... wird dann auch Nadan freigelassen?

Die Geburt ist das eine...
... aber wenn man in ein Schicksal verwickelt wird, das man nicht ändern kann, ist das echt ein Albtraum.
Na ja, wobei das pompöse Leben eines Kronprinzen wohl immer noch besser als das eines Bettlers ist, der sich von Baumrinde ernähren muss...
... auch wenn hinter jedem Busch Attentäter auf einen lauern.
...
Lord Jin hat sich große Sorgen um dich gemacht. Prinz Sahara auch...
Stimmt.
Ach ja.

Während du im Fieberwahn warst, hast du dauernd das gleiche Wort vor dich hingemurmelt.
Was? Echt? Was habe ich denn gesagt?
Also... Wie war das noch mal? Es schien nicht unsere Sprache gewesen zu sein.
Ich bin mir nicht sicher, ob ich es richtig aussprechen kann...
Es klang wie:
Suu!!!

Lauf weg!!!
Das soll ich gesagt haben?

Nun...
... lange nicht gesehen.
Ich wusste gar nicht, dass du mich so vermisst hast.

Das ist doch echt unmöglich.
Was zur Hölle heckst du hier aus?
Was ich aushecke?
Das möchte ich lieber dich fragen.
Suryeon Jin...
... was willst du eigentlich?

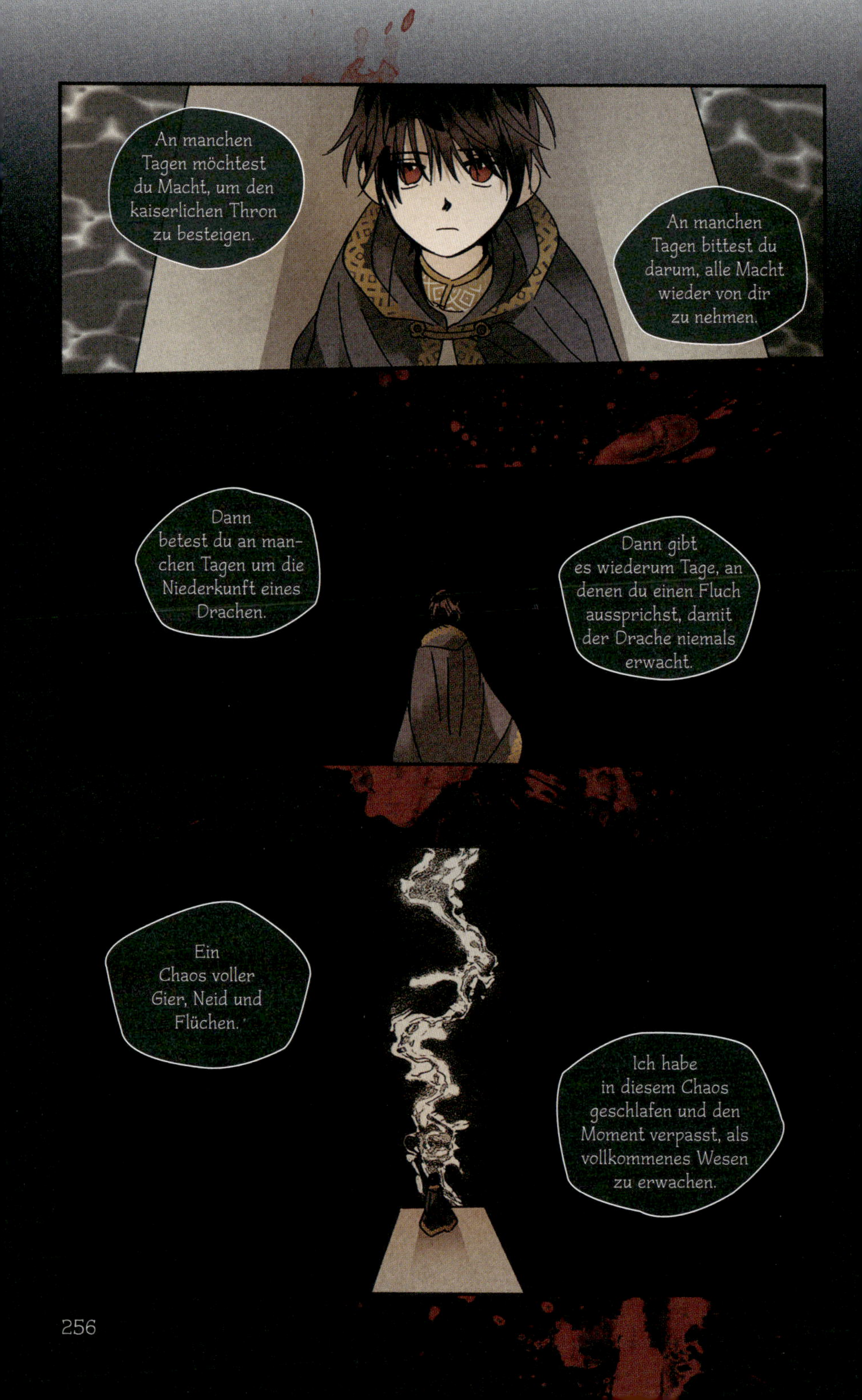
An manchen Tagen möchtest du Macht, um den kaiserlichen Thron zu besteigen.
An manchen Tagen bittest du darum, alle Macht wieder von dir zu nehmen.
Dann betest du an manchen Tagen um die Niederkunft eines Drachen.
Dann gibt es wiederum Tage, an denen du einen Fluch aussprichst, damit der Drache niemals erwacht.
Ein Chaos voller Gier, Neid und Flüchen.
Ich habe in diesem Chaos geschlafen und den Moment verpasst, als vollkommenes Wesen zu erwachen.

Und als ich aus meinem langen Schlaf erwacht bin...
... wusste ich nicht, was ich werden sollte.
Deshalb frage ich dich, sieb-ter Prinz von Rahan...
... der sich trotz seiner angeborenen überragenden Fähig-keiten im Dunkeln versteckt und ein Ver-räter Rahans ist.
Zu was hast du mich gemacht?
Hwaryun! Geht es dir gut?

Tritt zurück und sag uns, wie weit unsere Strafe für ihn gehen darf.
Was erzählst du dem Kronprinzen da bitte für einen Unsinn?
Ich konnte dich von Anfang an nicht ausstehen. Komm sofort runter, ich bringe dich hier und jetzt ins Jenseits!
Hojeong, halte dich da raus.
Heegeon, weißt du, was du hier vor dir hast?
Eindeutig keinen Men-schen.
ZIEH
Ich emp-fange auch eine ganz andere Energie von ihm, als wenn er in seiner kindlichen Form ist.
Das mag zwar weithergeholt sein, aber er fühlt sich zur Hälfte wie ein Mara an.
Die andere Hälfte erinnert mich an die Energiewellen, wenn du deine Kräfte einsetzt.

Es ist, als wäre er mit dir vermischt.
Der Stab der sechs Ringe der Familie Hon...
Mit Rahan scheint es echt bergab zu gehen, wenn die Familie Hon so einen lausigen Magier hervorbringt.
Ehrlich gesagt kann ich da nur zustimmen. Das hier ist wirklich nichts für mich. Ich wünschte, ich könnte es bleiben lassen...
...
Sei nicht zu ehrlich.
Jedenfalls sind das ganz nette Wachhunde für den Schrein.
Aber seit du mit dem Blut der kaiserlichen Familie einen Fluch auf mich gelegt hast, ist das Band zwischen dir und mir komplett zerschnitten. Ich bin nicht länger...
Es ist also alles meine Schuld?

Ist derjenige, der die Macht in seinen Händen hält, so etwas Großartiges?
Seit meiner Geburt wurde es mir nie erlaubt, das Gebiet der Jin zu verlassen.
Als ich zehn Jahre alt war, wurde mir der Name der Cheon-Familie verliehen.
Der Einfluss der Jin-Familie war zu der Zeit recht mau.
Der dritte Prinz, den die Kaiserin auf die Welt gebracht hat, hat seinen Einfluss vergrößert, als er sich auf seine Vermählung mit einer mächtigen Familie vorbereitet hat.
Hyeonbi hat ebenfalls heftige Gefechte ausgeführt, um den vierten Prinzen zum Thronfolger zu machen.
Auch eine ausländische Prinzessin hat einen kaiserlichen Prinzen zur Welt gebracht, weshalb selbst ausländische Diplomatie mit in den Kampf um die Thronfolge gekommen ist.
Ich wurde sogar eher verschont von dem Ganzen, weil ich nicht im Palast aufgewachsen bin.
Eines Tages taucht dann der siebte Prinz, von dem die meisten nicht mal mehr was wussten...

... auf und behauptet, dass er der wahre Herrscher Rahans sei.
»Seht euch die Macht an, mit der nur der rechtmäßige Erbe des Thrones gepriesen ist.«
Was denkst du, was danach passiert ist?
Bist du unsterblich?
Nein, ohne das mächtige Blut der kaiserlichen Familie kannst du dich nicht manifestieren.
Befreit dich dann eine immense Heilkraft von den Tücken des Todes?
Aber nein, auch ich werde sterben, wenn mir der Kopf abgeschlagen wird. Auch die Heilkraft der Wiedergeburt hat ihre Grenzen.

Wenn ich gestorben wäre, würdest du gar nicht erst existieren.
Sei also lieber dankbar, dass ich dich ins Leben gerufen habe, um dich nützlich zu machen.
Misch dich nicht in meine Angelegenheiten ein oder ich bringe dich um.
Ich verstehe Menschen einfach nicht.
Du hast deine Kräfte versteckt, weil du Angst hattest, deiner Mutter damit zu schaden.
Aber im entscheidenden Moment hast du deine Mutter lieber sterben lassen, anstatt deine Kräfte zu zeigen.

Ich habe nicht vor, dir den Weg zu versperren.
Ich kann unserer Koexistenz eh nicht entkommen... Und ich will nicht, dass Suu stirbt.
Ich mag ihn sehr.
Er ist köstlich... und niedlich und sein Körper ist so warm.
Suu ist der Einzige, der mich wirklich gern hat...
Ich möchte ihn gern so schnell wie möglich zu dem meinen machen, aber er ist ein Mensch und daher so schwach...

Pfft...
Hey, warum lachst du denn?!
Du bist mir vielleicht ein lustiges Kerl-chen...
Suu soll dich wirklich gernhaben?
WUMM
Du scheinst tatsächlich keine Ahnung von Menschen zu haben.
Na ja... Es ist nicht schlecht, wenn du dir das selbst einredest.
Suryeon, du solltest dir hier lieber nichts einreden. Suu fühlt sich nur aufgrund seines Appetits so von dir angezogen!
Ich habe nie das Gegenteil behauptet.

Aber…
… ich wusste gar nicht, dass Suu sich von mir angezogen fühlt. Danke für die Info.
Jetzt möchte ich mich dir doch plötzlich in den Weg stellen.
WUMM
KRACH
KLAPPER

Hat das Dach nicht gerade gewackelt?
Dieses Geräusch...
Es hat doch wohl kaum schon wieder ein Blitz eingeschlagen, oder?
SCHLAPP
Hab ich dich.

Verwandelt er sich zurück in ein Kind, wenn er all seine Kraft aufgebraucht hat?
Wir können wohl dankbar für die Tatsache sein, dass er sich so leicht provozieren lässt.
Er scheint ohnmächtig zu sein. Was machen wir jetzt mit ihm?
Na, was wohl? Leg ihn in sein Bett.
Es macht mich echt fertig, dass dieser Kerl so eine Macht in sich trägt.
Die zwei Blitze gerade scheinen Richtung Nordtor der Stadt, in der Nähe der Yeongmo Grabstätte eingeschlagen zu haben.
Wenn das Feuer fängt und zusammenbricht, könnten die Bürger in der Nähe Schaden davontragen. Sollen wir ein paar Abgesandte des Kronprinzen rüberschicken?
Hwaryun, das Nordtor ist nicht weit von meiner Familie entfernt, daher werden mein Vater und meine Brüder sich bereits darum kümmern.
Die können in solchen Situationen nicht einfach die Füße stillhalten, also sei unbesorgt.
Ich stehe immer tiefer in der Schuld der Hon-Familie.
Ich gehe zu Suu.
Ich muss ihn zuerst in meinen Besitz bringen.

Kapitel 32

Mir will das einfach nicht aus dem Kopf gehen.
Was heißt das nur?
Du hast das so oft vor dich hingemurmelt, dass ich erst dachte, das wäre an mich gerichtet.
Ich habe diese Sprache seit meiner Kindheit nicht mehr gesprochen...
... also warum jetzt plötzlich?

Und dann soll ich auch nur »lauf weg« gesagt haben?
RUCK
REISS
Da ist nichts...
Na ja, wenn hier was gewesen wäre, wäre mir das ja direkt aufgefallen, sobald ich die Augen aufgemacht habe.
LEER
Dann vielleicht...

Nein, nichts.
RUMS
Hier ist auch nichts.
KLACK
Auch hier sehe ich nichts Ungewöhnliches.
KNARZ
Ich habe jede Ecke durchsucht, aber kann nichts finden.
Wobei aber auch niemand einen Hinweis irgendwo hinterlassen würde, wo man ihn auf den ersten Blick entdeckt.
Warum muss ich das auch ausgerechnet gesagt haben, bevor meine Erinnerungen davongeschwommen sind?

Ist es zu weit hergeholt, dass ich damit viel-leicht...
... meinem zukünftigen Selbst eine War-nung ausrichten wollte?
Unter dem Bett...

Auch hier befindet sich nichts Auffälliges.
Vielleicht hat da wirklich nur das Fieber aus mir gesprochen? Ich erinnere mich noch daran, dass ich vor lauter Fieber Schmerzen hatte...
Es macht mich nur ganz nervös, dass ich mich nicht daran erinnere, was davor oder danach passiert ist.
Egal, vielleicht kommt auch das nur vom Fieb...
PACK
Waaaaaaaah!!!
RUMS
Suu?! Alles in Ordnung?
Ahhhh!!!

Was zur Hölle fällt Euch ein?! Ihr hättet mich fast zu Tode erschreckt!
LÄSST SICH NICHT VON SUU SCHLAGEN
Ich dachte, es würde deinen Stolz verletzen, wenn ich so lange still dastehe, bis du mich entdeckst.
Was soll das denn heißen?!
Aber warum bist du eigentlich wie eine Ratte hier herumgekrochen?
Ich habe einfach nur das Bett gemacht!
LEG
Das sah zwar nicht danach aus... Aber gut, glaube ich dir mal.
Du scheinst dir ganz schön den Kopf angeschlagen zu haben, daher heile ich dich lieber mal.

Ist es jetzt besser?
Danke, aber Ihr braucht Euch wirklich nicht mit solch kleinen Verletzungen zu beschäftigen... Das war doch nichts Ernstes.
Wenn Ihr Eure Heilkraft einsetzt, zehrt das doch auch an Euren Kräften.
Sagst du das jetzt, weil du Angst hast, später eine heftige Rechnung von mir zu erhalten?
Also echt, für wen haltet Ihr mich denn?! Ich sage das nur aus Sorge um Euch!
(Volltreffer.-)
Ach, das macht mir doch nichts aus. Ich kann dir allerdings eine Heilmethode verraten, die am wenigsten am Heiler selbst zehrt.
Und zwar durch Beischlaf.
FLÜSTER

Ich habe gehört, dass Leute, die ständig über das Eine reden...
... meist das Eine nicht richtig ausführen können oder ein Problem mit ihrem Utensil für das Eine haben. Kommt Euch das bekannt vor?
Zu schade, dass das dein Fachbereich war.
...
Ich meine das aber wirklich ernst. Es gibt keine bessere Methode, um Energie auf einen anderen zu übertragen.
Durch die unmittelbare Nähe kann man den Energiefluss optimal steuern.
PLUMPS
Der einzige Nachteil ist, dass es nicht funktioniert, wenn das Gegenüber ein großes Trauma hat.
STREICH
Aber um Gift im Körper zu neutralisieren oder Lebenskraft aufzufrischen...
... ist es eine äußerst effiziente Methode...
... da man den Atem, Puls und die Temperatur von Nahem im Blick behalten kann.
Nur damit du Bescheid weißt.

Was soll ich denn bitte mit dieser Information anfangen?
Urgh... das kitzelt.
SCHMIEG
Wer weiß, wann dir diese Information noch von Nutzen sein wird.
Suu.
In der Anklage gegen diesen Nadan wird erneut ermittelt.

Ich habe einen Heiler geschickt, der sich um den Verbrecher kümmern soll.
Wenn er erst mal als unschuldig freigesprochen wird, werde ich einen Priester schicken lassen, um ihn noch besser zu heilen.
Ich werde auch dafür sorgen, dass du ihn schon bald allein sehen kannst.
Du sagst ja gar nichts.
Das ist nur... weil ich so überrascht bin von Euren plötzlichen Worten.
Suu, dein Herz rast ja wie verrückt.
Freust du dich denn gar nicht? Ihr wart doch so eng verbunden.
Natürlich freue ich mich. Aber wie...? Wurde etwa der echte Täter geschnappt?

Nein, ich habe nur überlegt, einen anderen Weg einzuschlagen.
Einen anderen Weg...?
Suu.
Falls du dir nicht sicher bist...
... dann wähle mich.

Seine Hände...
... streichen ganz natür- lich...
... meine Pulsader entlang.
Deshalb ist ihm von Anfang an vermutlich schon bewusst ge- wesen...
... dass ich ins Schwanken gerate.

Ah...
Nadan, warte kurz, Moment...
Ich war gerade mitten in einem Botengang, daher muss ich gleich wieder gehen...
Willst du denn nicht weiter mit mir gehen?
Suu...

Warum... gehst du mit mir nicht bis zum Schluss?
Hat dieser dämliche Vogel etwa schon wieder was zu dir gesagt?
Als ob. Ich habe gehört, dass er sich zurzeit dauernd rausschleicht, um sich mit dem Wäschemädel der Eon-Familie zu treffen.
Der Kerl denkt, dass wir nicht mitkriegen würden, wie er die ganze Nacht über wegbleibt und im Morgengrauen wieder reinschleicht.
Nein, Gyeongi hat überhaupt nichts in die Richtung gesagt.
Fragt er dich etwa, warum du es noch nicht getan hast?
Ich sage doch, dass das nicht so ist...

Ich möchte dir einfach nur noch näherkommen, das ist alles.
Gyeongi hat gemeint, dass unser Herr und Herr Eon gut zueinander stünden, weshalb sie ihn mit dem Mädchen dort verheiraten könnten.
Dann würde unser Herr einen Raum in der Dienerunterkunft für das Brautpaar vorbereiten lassen.
Weißt du, warum ihnen ein Raum gegeben wird?
Damit sie dort fleißig Kinder machen.
Unser Herr muss einfach nur eine Scheune umbauen und schwupps, bekommt er zehn Jahre lang alle zehn Monate einen neuen Sklaven umsonst dazu.
Bist du verrückt? Wer würde schon so leben wollen?
Ist es das, was du willst?

Ich dachte nur...
Also der Herr hat gesagt, dass er mir für meine gute Arbeit diesmal einen eigenen Raum geben wird.
Und wenn es für dich in Orndung ist...
... könnten wir ja zusammen darin leben...
Deshalb habe ich das gesagt. Tut mir leid...
SCH
LING
Natürlich möchte ich das auch.
Dann...

Aber trotzdem können wir das nicht tun.
Lady Changcheon hat gesagt, dass Ausländer wie ich eine große Summe für eine Nacht ergattern können, je näher man der Hauptstadt kommt.
Und je »unverbrauchter« man ist, desto besser.
Knaben wie mich gibt es hier nur selten und wenn ich Glück habe, wird es einen Bieterwettbewerb geben, der mir noch mal eine deutlich höhere Summe verschafft.
Lady Changcheon hat auch gesagt, dass sie mir einen angemessenen Bieter finden würde, wenn ich damit einverstanden bin.
Sie würde das auch selbst mit unserem Herrn klären…
Suu, warte mal.

Magst du mich denn nicht?
Doch, natürlich! Wie kannst du so was überhaupt fragen?!
Aber...
... es ist ja nicht so, dass es verbraucht wird, also warum nicht?

Mit dem Geld könnten wir unserem Plan einige Jahre voraus sein.
Und es ist besser, als herumzulungern und dann bei einem widerwärtigen Proleten zu landen.
Lady Changcheon hat gesagt, dass es Menschen mit den verrücktesten Vorlieben gibt und ich es sogar mit einem Hund oder Pferd treiben müsste, wenn ich an so einen Perversen gelange.
Suu!
Mach das bloß nicht!
Gut, dein Körper mag dadurch vielleicht nicht verbraucht werden...
... aber was ist mit deiner Seele?

Schon gut, Nadan.
Ich lasse mir davon nicht die Seele ruinieren.
KNUDDEL
Ich hoffe einfach, dass wir schon ganz bald außerhalb von Rahan zusammenleben können.
Nicht wahr?
BEUG

Hngh...

Ah...
W...Wartet. Ich bin ganz nass vom Regen...
Hngh...

Hrgh... Warum...
Warum fast Ihr mich dauernd nur über der Kleidung an?
Weil ich dich ärgern will.
Urgh, also echt...
Aber du hast eine echt zarte Haut.
Sobald ich nur ein bisschen draufdrücke, wird sie schon rot...
Wartet... Stopp!
Suu?
Also, es ist jetzt vielleicht etwas spät, das zu sagen, aber...
... ich denke trotzdem, dass ich es Euch sagen muss.

Ich werde vielleicht nicht sonderlich gut darin sein… Aber das ist nur, weil ich es wirklich noch nie getan habe…
Also hoffe ich auf Euer Verständnis, auch wenn ich Euch nicht befriedigen kann…
Und bitte versprecht mir, dass Ihr Eure Meinung nicht ändert, nachdem Ihr das hier gehört habt…
Suu… Weinst du etwa?
Nun, wenn… das wirklich dein erstes Mal ist, ist das natürlich verständlich. Für jeden gibt es ein erstes Mal…
Damit habt Ihr ja recht, aber ich bin mir auch nicht sicher, ob das hier richtig ist, es mit Euch zu tun, nachdem ich mich so lange aufbewahrt habe…
…

Fortsetzung folgt in Band 5 von Where the Dragon's Rain Falls!

Where
the
Dragon's
Rain
Falls

HARADA

ONE ROOM ANGEL

PREISGEKRÖNTER EINZELBAND

Kouki ist Anfang 30 und ein lustloser Loser, wie er im Buche steht. Eines Tages wird er bei einer Prügelei lebensgefährlich verletzt. Als er aus dem Krankenhaus entlassen wird und in seine Ein-Zimmer-Wohnung zurückkehrt, sitzt dort ein Engel und eröffnet ihm, dass er ab sofort bei ihm wohnen wird - warum das so ist, weiß dieser selbst nicht. Zwischen den beiden entfesselt sich eine ungewöhnliche und intensive Freundschaft – und nicht nur Kouki schöpft neuen Lebensmut...

Slice of Life • ab 14 Jahren
Paperback • schwarz-weiß
240 Seiten • 14,5 x 21 cm
Einzelband

HAYABUSA
www.hayabusa-manga.de

hayabusa_manga HayabusaTweets

Blue Flag
KAITO
1
CARLSEN MANGA!

moving forward
Nagamu Nanaji
Ein Mädchen – ein Lächeln – ein Blog
Kuko, 15, prescht voller Energie durch ihr Leben im malerischen Kitano-Viertel von Kobe. Sie bloggt über ihren Teenageralltag und weder ihr Vater noch ihre Freunde ahnen, was Kuko wirklich auf der Seele liegt: Die Frage nach dem Sinn des Lebens.
Leidenschaft & Freiheit! Eine starke Heldin blickt nach vorn, mit einem Lachen!
Nagamu Nanaji
1
moving forward
CARLSEN MANGA!
ARUITOU © 2011 by Nagamu Nanaji / SHUEISHA Inc.
CARLSEN MANGA!
www.carlsenmanga.de

Where the Dragon's Rain Falls

C Lines
2024 Carlsen Verlag GmbH • Völckersstraße 14-20 • 22765 Hamburg
Aus dem Koreanischen von Jessica Walther
WHERE THE DRAGON'S RAIN FALLS

German edition published by arrangement with D&C MEDIA through Orange Agency.
Redaktion: Lena Dilger
Produktionsmanagement: Lena Voigt

ISBN: 978-3-551-80367-2

carlsen.de/webtoons
carlsen.lnk.to/CarlsenSocialMedia
hayabusa_manga
carlsen_manga

FSC
www.fsc.org
MIX
Papier aus verantwortungsvollen Quellen
FSC® C100431

Wir produzieren nachhaltig
• Klimaneutrales Produkt
• Papiere aus nachhaltigen und kontrollierten Quellen
• Hergestellt in Europa